8 RV8R-a.

28757

L'Art de Convaincre en 15 Leçons

JOHN DICK

L'Art de Convaincre

en

15 Leçons

D'après les principes américains

et commenté par **B. DANGENNES**

ÉDITIONS NILSSON

8, RUE HALEVY, 8

PARIS

PREMIÈRE PARTIE

Première Leçon

Les différentes formes de la conviction.

On a trop souvent le tort de n'admettre la conviction que sous l'aspect immuable d'une foi, enclose entre des barrières infranchissables.

Et d'abord, qu'est-ce que la conviction ?

La conviction, prise dans le sens littéral du mot, est une sorte de pénétration si nette de la vérité admise, qu'aucun argument ne peut l'effacer ni la métamorphoser.

La conviction se présente sous plusieurs faces :

La foi intégrale.

La croyance simple.

La persuasion.

La suggestion.

L'opinion.

La foi intégrale est l'une des plus pures et des plus rares formes de la conviction.

C'est la plus précieuse aussi, car elle suppose une

révélation si nette, si limpide, qu'elle exclut toute idée d'égarement.

C'est donc en pleine sérénité que vivra celui qui possède la foi intégrale.

Soutenu par la force que donne la certitude de sa direction, il parcourra d'un pied ferme les chemins qui font partie de ce domaine.

La crainte de l'erreur ne le hantera pas.

Le souci de l'orientation lui sera inconnu.

Certes, il n'aura ni les surprises de la route ni les joies inhérentes aux hardis pionniers.

Il ne jouira pas de cet orgueil particulier attaché à l'initiative.

Mais les alternatives de l'espoir et du doute ne viendront jamais l'effleurer et la paix profonde sera le résultat de cet état d'esprit.

Nous avons dit aussi combien cette foi était rare. Peu nombreux, en effet, sont ceux dont l'esprit se soumet à une discipline interdisant toute investigation.

La foi intégrale est l'adversaire déclarée de la curiosité.

Elle refuse tout éclaircissement.

Elle se cache devant le développement d'un principe étranger aux siens.

Elle n'admet pas l'élargissement des horizons.

Tout ce qui sort des limites étroites qu'elle s'est assignées lui semble dangereux à considérer.

Tout ce qui paraphrase sa doctrine lui paraît inquiétant.

Aussi voyons-nous tous ceux que la foi intégrale anime, rebelles à tout ce qui leur paraît de nature à modifier leur croyance.

La foi simple est moins intransigeante.

Si, comme la foi intégrale, elle ne repousse pas d'emblée les idées émancipatrices, c'est avec la plus grande indifférence qu'elle les entend formuler.

Le mot « entendre » ne doit pas être ici regardé comme le synonyme d'écouter.

Dans la plupart des cas, la foi simple se contente de laisser sans révolte énoncer les principes dont l'esprit tendrait à infléchir la ligne droite qu'elle s'est tracée.

Mais là se borne son indulgence.

C'est en pensant à ceux qui pratiquent la foi simple que l'on pourrait répéter cette phrase des Écritures : « Ils ont des oreilles et ils n'entendent pas. »

Cela signifie que si leur entendement physique est atteint, leur entendement moral n'est pas touché.

La foi simple est l'apanage des cerveaux peu compliqués.

Ceux qui la possèdent ne sont pas des militants, comme les partisans de la foi intégrale ; ce sont des natures simplifiées, aimant peu la réflexion et se plaisant aux douceurs de l'uniformité.

De celles-là il ne faut attendre aucun effort vers le progrès.

La persuasion est le premier degré de l'intellectualité dans la conviction.

C'est l'adhésion de l'esprit, entraîné vers la preuve par des motifs qui lui semblent dignes de considération.

« La conviction, a dit un grand penseur, agit sur l'entendement mais *la persuasion agit sur la volonté.* »

C'est, en effet, la volonté seule qui peut donner le désir de discerner les preuves.

Mais cette volonté trouve rarement à s'exercer dans la solitude : elle a presque toujours besoin de s'étayer sur la persuasion.

C'est pourquoi la persuasion donne aux adeptes de l'art de convaincre l'occasion d'exercer leur science, car elle puise rarement ses racines dans l'esprit de celui qui la subit.

Presque toujours elle est le résultat de discours entendus, de lectures, de conversations, au cours desquels la persuasion est venue, lentement ou brusquement, envahir le cerveau.

C'est une sorte de suggestion qui, la plupart du temps, doit se renforcer, pour acquérir toute sa puissance, des préceptes de la suggestion proprement dite.

La suggestion, considérée comme force psycho-physiologique, se partage en deux efforts bien distincts :

L'auto-suggestion ;

L'hétéro-suggestion.

L'auto-suggestion consiste dans la volonté soutenue d'acquérir l'état que l'on souhaite posséder.

Cette volonté, puissamment dirigée vers le but que l'on se propose, produit une série d'effets que l'on pourrait ainsi dénombrer :

Émission de l'idée ;

Phase d'incubation ;

Concrétion de l'idée dans une image.

Représentation fréquente de cette image, qui frappe le cerveau, dès qu'un souvenir s'y rattachant la sollicite. Cette fréquence d'apparition tonifie l'idée qui, peu à peu, s'élargit, prospère et prend une place prépondérante.

Dans la plupart des cas, cependant, l'auto-suggestion serait impuissante à amener la conviction.

L'auto-suggestion, a, le plus souvent, besoin d'être provoquée et c'est là le rôle de celui qui se dévoue à l'art de convaincre.

Ces maîtres en la science d'impressionner le cerveau d'autrui ont recours à la méthode connu sous le nom d'hétéro-suggestion.

L'hétéro-suggestion est celle qui vient du dehors, c'est-à-dire celle qui consiste en une suggestion proposée.

Elle a recours à divers moyens dont les plus usités sont :

La suggestion directe ;

L'insinuation ;

L'influence.

La suggestion directe est le moins compliqué. mais aussi le plus brutal de tous les moyens.

Elle consiste en l'art de substituer sa volonté propre à celle de celui que l'on veut convaincre, en lui dictant, non seulement sa conduite, mais en modifiant ses pensées et la pente de ses aspirations, suivant celles que l'on désire lui voir adopter.

La suggestion directe doit être très délicatement maniée si l'on veut éviter la révolte, ou, qui pis est, l'amoindrissement mental du sujet.

« Ceux qui sont habiles dans l'art de convaincre, dit le docteur Clark, de Washington, pratiquent surtout l'hétéro-suggestion, en vue de déterminer chez le defaillant de la volonté, un désir qui le conduira à la pratique de l'auto-suggestion. »

Une autre forme de la suggestion est l'insinuation.

L'insinuation peut avoir, sur certains esprits, un empire que n'exercera jamais la suggestion directe.

Celle-ci a le grand tort de se révéler trop brutalement et de mettre en eveil les defiances et les résistances, toujours a craindre chez les sujets de volonté fragile.

Une fois raidis dans leur attitude de défense, il deviendrait horriblement difficile de les amener à dévier et tout le bénéfice des efforts precédents se trouverait annulé.

La vertu de l'insinuation consistera donc dans la lente imprégnation de l'idée, dont on saturera peu à peu l'esprit de celui qu'il importe de convaincre.

Les premières tentatives seront assez délicatement effectuées pour que le sujet ne s'aperçoive en rien de la pression mentale.

A mesure que l'idée, seulement entrevue d'abord, s'intronisera dans son cerveau, on s'efforcera à l'y maintenir victorieusement, en suivant les phases citées plus haut dans l'acte de l'auto-suggestion.

Bientôt l'emprise sera complète, et l'auto-suggestion aidant, le maître en l'art de convaincre comptera un disciple de plus.

L'influence est encore plus subtile, plus enveloppante, moins tangible que l'insinuation.

Elle est cependant non moins efficace.

Dans le symbolique langage qui lui est coutumier, le grand philosophe japonais Yoritomo la définit ainsi (1) :

Il conduit son disciple dans une vallée renommée pour les propriétés curatives de l'air qu'on y respire et là lui dit :

« Regarde, mon fils, derrière ce léger rideau de bouleaux est un bois fait d'essences résineuses ; on ne le voit pas, mais son influence bienfaisante se répand sur toute la contrée environnante.

« Ne néglige pas cette leçon, mon fils !

« Cette forêt, aux influences régénératrices, est l'image du pouvoir rayonnant qui s'étend sur tout ce qui l'approche, en lui versant les baumes qu'il distille.

« L'influence doit savoir envahir les âmes à la façon dont ces senteurs balsamiques viennent baigner les puériles maisonnettes et les jardins parés de fleurs.

« La plupart des malades qui viennent la reculeraient devant l'ennui d'habiter une forêt, mais ils viennent volontiers s'installer au milieu des fleurs et subissent inconsciemment l'influence réconfortante qui rayonne autour d'eux, sous formes de vivifiants atomes.

« Ne sois pas aveugle, mon fils et reçois pieuse-

(1) *L'art d'influencer* (Éditions Nilsson).

ment la leçon que te donne l'immense et simple nature.

« Comme elle influence les corps, apprends à influencer les âmes et ton passage ici-bas contribuera à l'édification d'une race, dont la puissance s'affirmera en traversant les siècles. »

L'opinion n'est souvent qu'une conviction éphémère et ne peut à aucun moment se targuer d'intégralité, car elle est presque toujours mitigée de doute.

On le voit, même lorsqu'elle est parfaitement sincère, la conviction revêt de multiples faces et celui qui voudrait l'évoquer sous une forme unique, commettrait une erreur, dont la gravité se traduirait par des insuccès fréquents.

L'art de convaincre est une mission subtile et celui qui veut l'exercer utilement doit être instruit, avant tout, du genre d'ennemis qu'il aura à combattre et de la qualité des alliés qu'il s'adjoindra.

Cette connaissance des différentes formes de la conviction est essentielle à celui dont la force de persuasion ne doit être altérée par nulle défaillance, car l'art de convaincre exige une préparation minutieuse de la part de celui qui prétend s'y adonner.

Il s'affranchira d'abord des contingences misérables qui tendraient à colorer ses efforts du prétexte de l'égoïsme.

Il devra, en quelque sorte, s'élever au-dessus de lui-même, afin de dégager son individualité du souci qui dirigera sa conduite.

L'être qui véhicule ce pouvoir immense de la persuasion ne sera pas le simple porteur de l'idée, mais il devra encore en être l'économiste éclairé et non le dispensateur superficiel et prodigue.

Il attisera le flambeau de la conviction, avant de s'efforcer d'en porter la lumière dans les recoins les plus secrets des âmes, car il s'agira, non seulement

d'y installer la conviction désirable, mais avant tout
— et surtout — d'en chasser la foi mauvaise ou les
préjugés néfastes, qui, en se dressant contre la vérité,
détermineraient une lutte, toujours préjudiciable à
l'éclosion d'une croyance.

La puissance de persuasion dévolue au dispensateur sera donc toujours (tout au moins pendant la
période de l'initiation), supérieure à celle du disciple.

Il lui faudra doser avec certitude le degré de con-
ceptivité de ce dernier, afin de faire de son enseignement un emploi méthodique, évolutif et rationnel.

C'est pourquoi la connaissance exacte des âmes
qu'il est désireux d'influencer est indispensable à
l'accomplissement de son sacerdoce.

Ces réflexions le conduiront à l'étude des varié-
tés de convictions qu'il aura à combattre, à détruire
ou à affermir, avant d'implanter celle qu'il rêve de
voir fleurir et fructifier.

On pourrait diviser les convictions en deux grandes
catégories :

Les convictions inconscientes ;

Les convictions cultivées.

A la première division appartiennent :

La conviction atavique ;

La conviction héréditaire ;

La conviction mystique.

Dans la deuxième se rangent :

Les convictions égoïstes;

Les convictions opportunes;

Les convictions raisonnées;

Les convictions acquises.

Entre ces deux divisions, se place la conviction
conventionnelle, qui participe de l'une et de l'autre.

Ce sont là les principales formules de la conviction, formules que nous allons analyser et auxquelles
se rattachent toutes les croyances, voulues ou sincères, qui habitent le cœur humain.

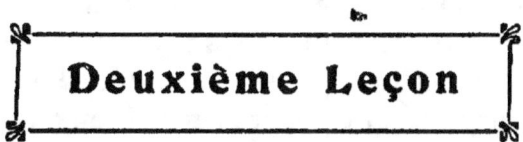

Deuxième Leçon

Les convictions inconscientes.

LA CONVICTION ATAVIQUE

La conviction atavique plonge ses racines dans une zone ignorée du raisonnement.

Elle fait partie du domaine de l'*inconscient*.

Le propre de la conviction atavique, c'est de ramper au-dessous de tout raisonnement, comme l'instinct, dont elle est la sœur jumelle.

Son existence est parfois ignorée de ceux qui la professent et la pensée en est toujours exclue, à moins qu'on ne donne le nom de pensée a ces mouvements réflexes que l'âme produit involontairement sans que le libre arbitre intervienne.

Comme le coquillage qui garde au fond de sa conque le bruit de l'Océan qui l'a si longtemps bercé, la conviction atavique conserve au fond des mémoires le murmure confus des théories, reflétant l'âme obscure des aïeux.

La volonté proprement dite ne joue aucun rôle dans le maintien de cette conviction à laquelle on pourrait, suivant les cas, appliquer la qualification de tare ou de don naturel.

A vrai dire, elle mérite plus souvent la première de ces appellations,' car la conviction atavique se rencontre rarement avec les idées contemporaines et ses manifestations, presque toujours en opposition avec le progrès, méritent ainsi d'être considérées comme autant d'obstacles à la marche vers le mieux qui doit régir toutes les aspirations humaines.

Pour ces motifs elle est redoutée des propagateurs d'idées car elle se présente à eux comme un rideau opaque interceptant toute irruption lumineuse.

Deux solutions s'imposent donc :

La destruction ou la régénération.

La destruction pure et simple, outre les difficultés auxquelles on se heurte, ne peut toujours être envisagée sans crainte, car elle est bien souvent un danger, et, dans certains cas, pourrait devenir une mauvaise action.

Le danger résiderait dans l'impossibilité d'une substitution, impossibilité qui jetterait au vent mauvais du scepticisme celui dont la conviction, trop brutalement extirpée, aurait emporté avec elle la faculté de croire.

La mauvaise action consisterait dans un geste inutile de destruction.

Raser un édifice atteint de vétusté pour élever à la place un monument durable, c'est bien ; mais détruire cette semi-ruine sans espoir fondé d'y substituer une construction solide, c'est faire œuvre néfaste, car il n'est rien qui ne porte en soi des motifs d'amélioration ou des ferments de renouveau.

Avant de songer à déraciner une conviction atavique, il est donc nécessaire d'user de tous les moyens pour la régénérer.

On n'entreprendra l'œuvre de sape, qu'après avoir essayé d'une série de transformations.

La phase de la disparition interviendra alors par la force des choses et elle sera assez peu sensible si l'on a su la ménager habilement.

Le danger que nous venons de faire pressentir n'existera plus.

On ne saurait assez faire pour le conjurer, car il est réel dans le cas qui nous préoccupe.

Il est mauvais d'instruire trop brutalement et trop intégralement ceux qui, jusque-là, ont vécu dans l'ignorance.

L'apparition brusque d'une trop grande clarté blesse les yeux habitués à l'obscurité et le premier mouvement de ceux qui ressentent ce malaise est de clore les paupières.

On remarque la même propension chez les convaincus ataviques : les lueurs projetées par la torche du progrès les éblouissent sans les éclairer, car leurs âmes, froissées une première fois par l'atteinte trop brusque de l'idée, se cadenassent et demeurent volontairement inaccessibles aux tentatives de même sorte.

C'est donc par habileté et non par effraction qu'il faut parvenir jusqu'a ces esprits, que l'empreinte d'une lointaine ascendance a rendus rebelles à la loi du progrès.

LA CONVICTION HÉRÉDITAIRE

C'est a tort que l'on confond parfois la conviction atavique et la conviction héréditaire.

Nous venons de voir en quoi consiste la première, dans laquelle nous avons discerné le rôle primordial de l'instinct.

Avec la conviction héréditaire, nous voyons apparaître la persuasion.

Elle s'y montre [à l'etat d'une lente infiltration, dont l'origine remonte aux jours de la première enfance.

Entrée dans l'esprit du petit être avec des mots qui, d'abord, ne représentèrent pour lui que des sonorités, elle fut une habitude de son entendement physique, avant de devenir une partie de son entendement moral.

Longtemps ces mots incompris s'imposèrent à l'enfant qui les répéta automatiquement, sans qu'ils frappassent son intelligence d'une façon précise.

Cependant, cette répétition constante de l'idée amena, autour des jeunes êtres, la création d'une atmosphère spéciale.

Ils l'apprécièrent d'abord avec insouciance, comme ils l'auraient pu faire d'un ciel trop élevé et trop lointain, dont ils eussent subi inconsciemment l'influence climatérique.

Puis, peu à peu, la magie des mots a opéré son coutumier miracle.

L'assemblage des syllabes familières a cessé d'être un bruit amorphe ; le brouillard des impressions, jusqu'alors physiques, s'est éclairé d'un embryon de pensée et l'image a surgi lentement, très floue d'abord, puis plus précise à chaque démonstration, dont la nature pouvait impressionner les tendres cerveaux.

La répétition des mêmes conseils, les déclarations réitérées ont lentement dépouillée cette image des obscurités qui la recouvraient.

Un à un les voiles se sont détachés et elle s'est dressée complète, suivie de son cortège habituel de représentations mentales.

Il serait cependant bon de faire observer que si l'aspect général de cette apparition est le même pour tous ceux dont nous parlons ici, la similitude des impressions n'est pas rigoureusement exacte, car, suivant les dispositions particulières des esprits, elles subissent des modifications appréciables.

Cette absence d'intégrité dans la reproduction tient à plusieurs causes :

Le temps ;

Les conditions physiques ;

Les conditions morales.

Il serait oiseux de nier l'importance du *temps* dans les mutations de la conviction.

Il est impossible qu'avec les ans des variations ne se produisent pas.

Les idées, au cours des âges, adoptent une envergure différente.

Avec le progrès, l'horizon s'élargit ; puis, la vie devenue plus trépidante laisse moins de place au rêve, car la lutte quotidienne exige une activité toujours plus impérieusement requise.

A mesure que s'étendent les exigences matérielles, le temps, autrefois dévolu à certaines pratiques traditionnelles, se trouve absorbé par d'autres soins.

Espacées d'abord, puis négligées à regret, accomplies ensuite sans enthousiasme, on en vient à les considérer comme des servitudes inutiles, destinées à tomber dans le gouffre de l'oubli.

Il est, on doit le constater, de certaines convictions héréditaires qui, comme la plupart des préjugés, furent très judicieuses et très vénérables à leur origine, mais qui, à notre époque, ne représentent plus que des superstitions, dont la genèse devient parfois difficile à établir.

Les conditions physiques influent aussi incontestablement sur la conviction héréditaire.

A mesure que se modifient les formes de l'existence d'une famille, les convictions de ses membres s'adaptent à leur nouvel état.

L'ambiance inhérente à toute recherche de réussite, sert d'excuse à la mutation des sentiments et la bonne foi n'est pas toujours exclue d'un changement, qui eut l'intérêt particulier pour point de départ.

Il est aussi bien difficile parfois de maintenir une conviction, dont la fière devise s'accorde mal avec les servitudes de la vie matérielle.

On la délaisse à regret, d'abord, en souffrant du reniement imposé, puis le progrès accomplit son œuvre et la conviction ancienne s'atténue graduellement, à moins qu'elle ne passe à l'état d'un rite, qu'on accomplit encore par habitude, mais qui ne représente plus que la signification extérieure d'une foi.

La conviction héréditaire est donc, malgré son exceptionnelle solidité, susceptible d'altérations, conscientes ou non, qui, dans la majeure partie des cas, sont dues aux causes que nous venons de signaler.

La force de la conviction héréditaire réside dans l'absence de discussion qui marque son admission.

Le terrain dans lequel elle s'implante étant un terrain vierge, aucune racine étrangère ne vient se mêler à ses germes.

La controverse, principale adversaire de la conviction, n'en vient point contrarier le développement et elle s'élève avant que des ferments différents n'aient eu le loisir de s'étendre.

Du reste, dans beaucoup de cas, sa floraison est si dense, qu'elle ne permettrait pas d'autre épanouissement.

C'est le propre de tous les traditionalistes qui, non seulement maintiennent à travers les circonstances les plus contradictoires la conviction de leur enfance, mais restent rebelles à l'investiture du raisonnement, et refusent de se prêter à toute tentative de persuasion, leur semblant de nature à altérer la croyance qu'ils detiennent.

Ces âmes, farouches gardiennes des sentiments anciens, demeurent jalousement fermées à tout ce qui pourrait les ébranler.

Cependant, chez ces intransigeants la conviction

est parfois moins profondément ancrée qu'on ne le suppose et leur refus d'écarter les arguments battant en brèche leur croyance, n'est souvent basé que sur le sentiment de sa fragilité.

Ils craignent de la voir se prendre au trébuchet du raisonnement.

Il arrive encore qu'un scrupule torture ces âmes vassales des préjugés ancestraux.

Toute modification à la foi implantée en eux leur semble une atteinte au respect qu'ils doivent à ceux qui la leur ont transmise.

Et ils défendent leur tradition de l'envahissement d'idées étrangères, comme ils défendraient d'une invasion ennemie leur foyer familial et la terre de leurs ancêtres.

LA CONVICTION MYSTIQUE

La conviction mystique n'est pas toujours le synonyme de foi religieuse.

Elle n'est souvent que le résultat d'une foi découlant d'un système philosophique.

Le mysticisme n'est point, ainsi qu'on le croit communément, l'aspiration vers la communion avec la divinité, mais la croyance en une communication secrète entre les humains et les puissances supraterrestres.

C'est le lien qui relie la creature et les choses mystérieuses qu'elle a pressenties, sans pouvoir les definir.

C'est la recherche des enigmes qui, sous le nom de mysteres, s'imposent à tous les esprits réellement pensants.

Le mot mysticisme définit la doctrine apparentée aux mystères.

On sait que ce vocable dérive d'un mot grec qui signifie « être muet ».

Le mystère est donc la raison basique du mysticisme et la conviction mystique provient de la forme croyance en l'un des systèmes, religieux ou philosophiques, qui tous puisent leurs racines dans des zones ténébreuses.

La conviction mystique se manifeste sous maints aspects.

Nous parlerons peu de celle qui se rapporte aux religions.

Celle-là a une grande affinité avec la conviction atavique; le raisonnement y tient une place restreinte et la foi, inculquée dès l'enfance comme un principe éminemment respectable, forme autour de l'enfant une atmosphère si dense que, parvenu à l'âge où il pensera par lui-même et non par l'autorité d'autrui, il lui sera difficile de respirer hors de cette atmosphère coutumiere.

Les ouvriers de la pensée seuls parviennent à métamorphoser cette conviction.

C'est à dessein que nous parlons ici de métamorphose, car, très rarement la conviction mystique vient à disparaître complètement de l'âme en laquelle elle fut primitivement installée.

Cependant elle subit souvent des modifications notables.

La foi aveugle devient parfois une croyance, mitigée de raisonnement.

Elle adopte aussi la forme d'une conviction conventionnelle.

Elle se mue quelquefois en une conviction mystique, dans laquelle prennent place le système religieux et le système philosophique.

Il est très rare qu'une creature humaine soit entièrement dénuée de conviction mystique.

On compte d'abord ceux dont nous avons parlé plus haut : c'est-à-dire ceux qui se confinent dans la foi de leur enfance sans vouloir la discuter ni en analyser les obscurités.

Puis viennent ceux dont la conviction mystique revêt des formes outrancières.

Ces derniers se recrutent parmi les exaltés qui s'infligent des pénitences corporelles et qui poussent la défense de leurs principes jusqu'à des actes d'inhumanité.

Les grands faits de l'histoire sont remplis de preuves constatant les farouches manifestations de la conviction mystique.

Les supplices de l'Inquisition, le massacre de la Saint-Barthélemy et tant d'autres pages sanglantes de la vie des peuples ne doivent être attribués qu'à l'effervescence des convictions mystiques, intensifiées par les exhortations, les austérités, les promesses ou les menaces d'Au-delà à l'aide desquelles on influençait les esprits.

En marge des convictions religieuses, on voit la conviction mystique se développer, en principe de la recherche de communication entre les humains et les forces mystérieuses.

Ce mysticisme prend la forme plus ou moins accentuée de la superstition.

Depuis les âges les plus reculés, les hommes ont senti le besoin d'établir une relation entre eux et les forces supérieures qui les courbaient sous leur loi.

Les Chaldéens admettaient l'efficacité de maintes pratiques, dont l'effet etait, croyaient-ils, de nature à se rendre favorables les puissances occultes.

Ils enseignaient à leurs inities l'art de décrire les cercles sacrés qui emprisonnent le malheur et limitent son pouvoir d'extension.

Les habitants du Latium prétendaient connaître les chants que redoute la lune et qui font périr les serpents.

On sait quel rôle jouaient jadis les augures sacrés dans Rome.

Dans le *templum*, c'est-à-dire entre les limites idéales tracées par leur bâton augural et correspondant, d'après eux, à une partie de la surface célesté, ils lisaient la destinée des rois et des cités.

Le vol des oiseaux et les entrailles des victimes sacrées leur dictaient des oracles.

De nos jours encore ne voyons-nous pas des chercheurs d'or qui, sur la foi d'un dessein formé par une poignée de pépites, poursuivent ou abandonnent la recherche d'un filon ?

Dans certaines campagnes ne trouve-t-on pas des sorciers, qui, pour une mince pièce de monnaie, vendent aux gens crédules des herbes, dont l'efficacité est en rapport étroit avec la façon dont elles furent recueillies ? L'heure de minuit, la pleine lune ou la nuit sombre jouent, d'après eux, un rôle important dans l'action bénéfique de ces plantes.

Il n'est personne qui ne connaisse des gens prêts à se désoler pour une salière renversée.

D'autres se réjouissent s'ils rencontrent un cheval blanc.

Il en est qui n'osent avouer un bonheur qui leur échoit sans frôler en même temps du bois.

Il est vrai que s'ils aperçoivent un être ou une chose dont le pouvoir est réputé maléfique, ils pensent conjurer le sort en entrant en contact avec un objet de métal.

La superstition du vendredi puise également ses origines dans une antique croyance mystique, qui divisait l'an en jours fastes et néfastes.

Mais les faits mémorables marquant les jours étant, pour chaque peuple, d'une qualité différente, il s'en suit que le jour qui, pour les uns, ressuscite un triomphe, devient pour les autres le rappel d'un désastre.

C'est pourquoi ils sont diversement appréciés par chacun.

Alors que la plupart des Occidentaux ont une répugnance marquée pour le vendredi, les Orientaux, au contraire, l'ont choisi pour le jour béni entre tous.

Nombreux encore sont les convaincus mystiques pour lesquels les nombres ont gardé la valeur suprasensible que les mages leurs attribuèrent autrefois.

Le ternaire, le septennaire ont de nombreux adeptes parmi nos contemporains.

Cette forme de la conviction mystique se rencontre aussi fréquemment dans une catégorie de gens qui revendiquent hautement leur droit au titre de penseurs : ce sont les spirites.

Cependant ils rejettent presque toujours cette appellation, car leur conviction est basée sur un système de philosophie, dont la base est la croyance en une série de vies successives.

On peut donc aussi les ranger parmi les convaincus mystiques, car leur philosophie est une croyance véritable et toute foi sincère est digne de respect.

Comme on le voit, l'idéalisme est très proche parent de la conviction mystique.

Peut-il être un moyen efficace pour celui qui veut influencer les âmes et son action peut-elle être réelle dans le cas de conviction mystique ?

C'est ce que nous allons nous efforcer de déterminer.

Il est certain que, pris à un certain point de vue, l'idéalisme est parfaitement respectable. Mais on ne doit pas oublier que dans des mains maladroites il peut devenir une arme particulièrement perfide.

Notre époque n'est guère celle du rêve ; elle est celle des actes.

Or, l'idéalisme est l'essence même d'une chimère qui aime à se revêtir des couleurs attrayantes de l'élévation d'âme.

Il est d'héroïques chimères, devant lesquelles on s'incline avant de leur livrer combat.

Celles-là sont les plus dangereuses, car elles s'emparent seulement des âmes d'élite.

Le péril de l'idéalisme, c'est qu'il fait vibrer en nous tous les sentiments généreux dont la voix n'étouffe que trop souvent le cri de la raison.

Nous sommes tous — ou plutôt nous devons tous tendre à devenir — des militants dans la lutte de l'existence.

Or, arborer l'idéalisme, c'est risquer de donner de grands coups d'épée à travers les nuées.

Nous avons une tâche plus solide et plus belle à accomplir : celle de dompter les réalités, de les discipliner et de les asservir.

Chaque homme doit songer à se créer une besogne à sa taille et, son choix fait, sa conviction arrêtée, marcher sans hésiter dans la voie choisie.

Il en est, de ces voies — et ce ne sont pas les moins belles — qu'il s'agit de s'ouvrir à coups de pic.

D'autres se dérobent, sinueuses, embroussaillées, faussement riantes.

Quelques-unes ne se peuvent parcourir sans laisser aux buissons des lambeaux de foi et quelques bribes d'espoir.

N'importe : En avant ! Vers le mieux ! telle doit être la devise de tout être, qui, au soir de la vie, sera heureux de s'endormir en disant : *J'ai la conviction de n'avoir pas failli à ma tâche.*

LA CONVICTION CONVENTIONNELLE

Nous avons dit déjà que par ses tendances traditionalistes et sa volonté de ferme maintien la conviction conventionnelle tenait le milieu entre les convictions inconscientes et les convictions cultivées.

La conviction conventionnelle est une foi.

Mais, dans bien des cas, elle devient une attitude.

Il est un proverbe en France qui dit : « Noblesse

oblige. » En Amérique nous disons : « Il faut savoir maintenir ferme le drapeau qui nous fut confié. »

Dans de nombreuses circonstances, la conviction conventionnelle ne s'érige que par la force du vouloir, interdisant toute réflexion contradictoire.

Cette conviction est donc une sorte d'étendard qu'il est nécessaire d'arborer, non seulement pour affirmer la solidité des principes, mais aussi pour bien en déterminer la nature.

Elle est respectable, car elle se base sur la force de la constance et oppose a l'implantation des idées du dehors, l'exemple de la fidélité à l'attitude imposée.

Cette conviction est donc une sorte de geste de ralliement, copié sur celui qui jadis traduisit un acte de foi sincère, et, pour ces raisons mêmes, elle échappe volontairement a toutes les lois modificatrices dont il a déjà été parlé.

Il est cependant particulierement délicat de préserver la conviction conventionnelle des atteintes de l'esprit contemporain ou de celles qui viennent des contingences.

Un habile détenteur de ce genre de croyance saura de lui-même atténuer la rigidité des préceptes initiaux, si ceux-là se trouvent en désaccord trop marqué avec les exigences de la vie contemporaine.

Il est peu de principes qui, au cours des temps, n'aient dû fléchir la rigidité de leurs lignes pour s'adapter au rythme de la vie habituelle.

Les doctrines les plus intransigeantes, celles-là mêmes qui font partie des religions, se sont presque toujours, avec les siècles, départies de leur sévérité première.

Il y a à cela plusieurs raisons :

En premier lieu il est bon de penser que la vie, devenue plus extérieure en général, dispose moins à la complète austérité.

Cette indulgence s'est encore trouvée renforcée

par la difficulté de réaliser, au cours des journées plus remplies et plus riches d'occupations diverses, certaines prescriptions dont l'existence moins agitée des hommes de jadis rendait la pratique plus aisée.

Pourtant la conviction conventionnelle, précisément à cause de l'idée qu'elle représente, et, par la volonté expresse de maintien animant tous ses protagonistes, est une de celles qui demandent le plus d'habileté dans la controverse.

Celui qui a entrepris de la combattre devra se pénétrer d'abord de la cause génératrice de cette conviction en même temps que de son but, et, si ces deux points extrêmes sont également respectables, il lui faudra prévoir consciencieusement les suites éventuelles de la disparition de cette croyance.

Là encore il devra songer à éviter le danger du néant et il ne s'appliquera à ébranler le rempart de la conviction conventionnelle que s'il est certain de projeter au delà la lumière d'une conviction supérieure.

Il ne doit pas oublier que si cette foi est souvent le produit d'un état d'esprit résultant de l'adoption d'une ligne de conduite, elle est aussi un symbole choisi, dont on considérerait l'abandon comme préjudiciable à la défense d'une cause.

Elle représente donc, en même temps qu'une croyance sincère, le maintien raisonné de cette croyance, ou, à son défaut, celui de l'attitude qui la consacre.

Il arrive même parfois que la conviction conventionnelle se réduise à la persévérance dans cette attitude et ce geste artificiel n'est pas toujours empreint d'hypocrisie.

Certes, il existe des cabotins, heureux de se parer des apparences d'une doctrine qu'ils n'observent pas; mais il se rencontre fréquemment aussi des gens, pensant que l'exemple doit partir de haut, et qui, tout en reconnaissant les défectuosités du mouvement dont ils se sont faits les promoteurs, le soutiennent énergiquement, de peur de le voir se désagréger.

Ces efforts sont infiniment respectables, car il ne faut pas oublier que toute doctrine doit être l'écluse d'une coulée de vie, à laquelle il faut livrer passage, sous peine de renoncer à la canaliser.

La mission de ceux qui s'adonnent à l'art de convaincre ne sera donc fructueusement remplie que s'ils s'appliquent à distribuer judicieusement l'afflux des aperçus nouveaux, dont le cours sagement régularisé établira une harmonie, ayant pour motif le Progrès et le Mieux pour réalisation.

Troisième Leçon

Les convictions cultivées.

LA CONVICTION ÉGOÏSTE

Des cinq sortes de convictions, classées sous le nom de convictions cultivées, il en est une qui est rarement respectable.

Elle est malheureusement trop répandue de par le monde, et d'autant plus difficile à déraciner qu'elle se dérobe à tous conseils.

Il s'agit de cette foi ondoyante et contradictoire dénommée « la conviction egoiste ».

Par sa vivacité et ses mouvements divergents en apparence, elle mériterait seulement le nom d'opinion, si elle ne se plaisait à arborer des principes si bien établis qu'ils revêtent toutes les apparences d'une conviction.

Mais là s'arrête la similitude.

La conviction égoiste ne comporte rien d'immuable : elle s'adapte aux circonstances favorables et se modifie avec les chances de succès.

Elle est toujours entachée de bassesse, car seul l'intérêt particulier de celui qui la proclame la fait naître et ce même intérêt la fera mourir, pour ressusciter sous une autre forme, le jour où elle ne servira plus les vues de l'égoïste.

Cette conviction est essentiellement éphémère, car elle dépend toujours de la nature des convoitises ou des passions du moment.

La forme, essentiellement individuelle de ces aspirations, en modifiant la valeur des conceptions qui s'y rattachent, amène des fluctuations constantes dans la conviction, qui, suivant la pente des événements, et sans autre motif que l'intérêt particulier du détenteur de cette foi trop transmuable, renie le lendemain ce qu'elle affirmait la veille.

Cette fausse conviction est d'autant plus difficile à combattre qu'elle est le produit de calculs mesquins et entêtés.

Le rôle de celui qui exerce l'art de convaincre consistera, en ce cas, dans l'enseignement de principes, propres à développer la conscience chez celui qu'il catéchise.

C'est en lui démontrant la beauté du dévouement à la cause générale qu'il élaguera en lui les sentiments inférieurs, pour les remplacer par des aspirations plus vastes.

Cette métamorphose sera, du reste, loin d'être nuisible à la réalisation finale que le détenteur de la conviction égoïste envisage uniquement.

En l'aidant à sortir des bornes étroites entre lesquelles il s'était jusque-là confiné, en l'appelant à explorer de plus larges horizons, on lui fournira le prétexte d'entreprises plus étendues, dont l'accomplissement mettra en lui la joie précieuse de l'orgueil légitime.

LA CONVICTION OPPORTUNE

On pourrait la qualifier également d'ondoyante et

d'éphémère, sans que cette appréciation comportât
le moindre blâme.

La conviction opportune est celle qui se base sur
les circonstances contemporaines et se nourrit des
possibilités de mieux qu'elles comportent.

Le temps, le lieu, les exigences de l'heure sont les
motifs qui la créent.

Sans être taxée de mensonge elle peut se démentir, si les raisons sur lesquelles elle s'appuie viennent à se transformer.

La conviction opportune n'envisage pas les détails,
elle ne vise que le but.

Pour y parvenir, elle adopte toutes les mutations
qui lui semblent imposées par le jeu des circonstances.

Elle diffère de la conviction égoïste en plusieurs
points :

D'abord, elle ne concerne que les réalisations
généreuses et se fait, non l'esclave de la passion
humaine, mais l'instrument destiné à parfaire l'œuvre
souhaitable.

La conviction opportune, malgré ses diverses
altérations, représente toujours la foi dans toute son
intégrité ; mais cette foi est au delà des transposi-
tions journalières.

Elle réside dans un idéal immuable, dont la conviction opportune est l'ouvrière sincère, quoique
complexe, et parfois apparemment contradictoire.

La conviction opportune est du genre de celles
qu'il est bon d'inculquer.

Elle ne sera combattue que dans le cas ou la passion personnelle viendrait affaiblir le don de pré-
voyance, qui est un de ses apanages principaux.

Cependant elle exige de celui qu'elle habite une
grande force d'âme et une non moins grande délicatesse de sentiments, car elle côtoie de très près la
versatilité, ennemie de la volonté et génératrice
d'insuccès certain.

Dans une âme noble, la conviction opportune dis-
parait si elle acquiert l'assurance de l'indignité de
l'objet, mais elle s'affermit, au contraire, en constatant la réalité de sa valeur.

LA CONVICTION SERVILE

C'est celle qui habite les âmes vassales.

La conviction servile n'est jamais spontanée car
elle est le résultat d'une soumission mentale, dont
nous analyserons plus loin les causes.

Elle est toujours subie et jamais formulée par
celui qui la professe.

Pour ces raisons, elle ne naît jamais sous sa forme
définitive, car elle subit les transformations qui lui
sont imposées.

Les causes de cette abdication mentale sont multiples :

En premier lieu il faut citer la paresse d'esprit
qui fait éviter toute recherche d'initiative.

Pour les gens de volonté nulle, toute pensée raisonnée représente un labeur extrêmement pénible
et ils sont heureux de se l'épargner en se rangeant
a une opinion toute faite, dont les motifs ont déjà
été discutés.

Quant a apprécier ou a contrôler ces motifs, leur
veulerie morale le leur interdit.

Cependant, comme tous les faibles, ils sont heureux d'admettre vis-à-vis d'eux-mêmes une excuse
d'apparence plausible et ils aiment à se persuader
que la conviction sur laquelle ils s'appuient repond
si bien à leurs tendances que tout examen a ce sujet
serait aussi inutile que fastidieux.

Leur passivité va même souvent jusqu'a leur faire
accepter une opinion contraire a leurs aspirations,
car ils redoutent surtout la controverse, imposant

à leur esprit assoupi l'idée d'une lutte qu'ils ne se
sentent pas la force d'envisager.

Pour ces invalides de la volonté tout conflit, même
intérieur est le sujet de craintes multiples :

Crainte de déplaire à celui qui propose la conviction ;

Peur de nuire à une situation acquise par une
tentative d'opposition, qui mettrait en péril certains
avantages que la servitude morale leur a valus ;

Appréhension tres marquee de l'effort qu'il faudrait faire pour regagner le terrain perdu.

La conviction servile n'est parfois que le résultat
d'une timidité exagérée qui interdit toute manifestation de nature à attirer l'attention sur celui qui la
produit.

Dans ce dernier cas, la conviction servile revêt
un caractère marqué d'inquietude, car le timide qui
l'admet sans protestation ouverte, souffre de sa
lâcheté morale, et, s'il est loyal vis-à-vis de lui-
même, conçoit de son attitude un mépris dont la
constatation réitérée augmente son malaise et son
mécontentement intérieurs.

Il est à remarquer que la conviction servile, à
l'opposé de presque toutes les autres, se produit
très souvent à l'inverse des castes.

C'est une forme de lâcheté dont les natures aveu-
lies se montrent coutumières, en regard de ceux
qui savent leur imposer leur domination.

On la rencontre chez celui des époux qui, pour
vivre en paix, accepte la tyrannie de l'autre.

On la trouve aussi chez ceux que la crainte de la
solitude livre aux caprices autoritaires des inférieurs.

Elle est encore le triste apanage de ceux qui pratiquent la haine de l'effort.

Tous sont heureux de se ranger sous la bannière
de ceux qui se sont emparés de leur existence.

Ceux-là ne chercheront jamais à revendiquer le

droit de « vivre leur vie », car leur seule ambition est de végéter à l'ombre de celle des autres.

Peu à peu leur volonté en léthargie se déshabitue des passagers réveils. Elle s'identifie, s'amalgame, pour ainsi dire, avec celle de ceux qui, dans leur idée, ont mission de penser et d'agir pour eux.

Si la conviction servile fut quelquefois pour eux une acceptation due à leur paresse, elle devient bientôt une habitude si bien invétérée que la moindre réaction prend à leurs yeux les proportions d'une révolte.

Ils en arrivent à s'interdire le contrôle de toute suggestion leur venant de ceux qu'ils regardent comme leurs guides et ils adoptent, quelles qu'elles soient, les idées qu'il plaît à ces derniers de leur inculquer.

Les détenteurs de la conviction servile sont-ils curables ?

Assurément et la reeducation de leur liberté mentale est digne de tenter ceux qui pratiquent l'art de convaincre.

Cependant ils ne doivent pas se dissimuler que de grosses difficultés les attendent et qu'ils auront besoin de facultés d'observation extrêmement ténues pour ne pas effaroucher ces âmes vassales.

Ils devront, en même temps, agir près d'elles avec une délicatesse particulière pour leur faire admettre la disparition de l'appui déplorable sur lequel ils ont coutume d'étayer leur fragilité.

S'imposer d'abord, leur donner la sensation d'une force supérieure à celle qui les dirige, puis leur faire sentir la médiocrité de cette dernière : là se résume le rôle difficile de celui qui veut amener une conviction raisonnée dans les esprits adonnés jusque-là au néant des convictions serviles.

LA CONVICTION RAISONNÉE

C'est celle qui s'implante le mieux et se détruit le plus difficilement.

La conviction raisonnée est celle qui, formée à la suite de déductions, grandit avec la confirmation des preuves et s'affermit, autant par la certitude de vérité qu'elle paraît renfermer que par la volonté de la maintenir.

La conviction raisonnée est toujours sincère, car elle provient d'un minutieux travail de la pensée, qui, après avoir parcouru toutes les phases de la réflexion, a su former une sélection dans l'acceptation des faits, militant en faveur de cette croyance.

Les phases de la réflexion aidant à la formation de la conviction raisonnée comportent plusieurs gradations, depuis la phase initiale, qui est celle de l'apparition de l'idée, jusqu'à la résolution du ferme maintien.

Parmi ces principales phases on compte :

La considération de l'idée ;

L'examen des possibilités ;

La comparaison ;

La déduction.

Les détenteurs de la conviction raisonnée étant de ceux qui repoussent l'adoption d'une conviction toute faite, sont toujours désireux d'instaurer la vérité en eux.

La considération de l'idée, si elle est minutieusement et sincèrement pratiquée, écartera le mensonge ou les sophismes, tentant d'altérer cette vérité, qui doit être considérée comme l'élément basique de toute conviction.

L'examen des possibilités permettra de démêler les gestes utiles de ceux qui ne représenteraient que de vains efforts.

Toute la puissance de vouloir s'accumulera donc seulement sur les aspirations accessibles, éloignant impitoyablement les rêves illusoires et les espoirs stériles.

La comparaison, en mettant en parallèle deux états de choses semblables, dont l'un appartient au domaine du passé, donnera la faculté de procéder du connu à l'inconnu, en groupant les arguments favorables à la constitution de la conviction.

La déduction s'inspirera de toutes les raisons confirmatives pour émettre un jugement, d'après lequel la conviction s'établira.

C'est là la marche générale qui suit le travail intellectuel de tous ceux qui s'intitulent les servants de la vérité.

Cependant ils sont rarement rebelles à la persuasion car leur amour du vrai les incite constamment à rechercher la preuve de leur droiture de pensée.

Aussi celui qui cultive l'art de convaincre les verra-t-il toujours disposes à accueillir ses paroles.

Cependant il ne devra pas se dissimuler qu'avec de pareils disciples sa tache sera ardue, car ce n'est pas sans reserve qu'ils l'écouteront.

Il les trouvera prêts à la refutation et décidés a un combat, qu'ils n'aborderont pas sans armes.

Mais s'il parvient a leur demontrer la valeur réelle de ses affirmations, s'il sait semer dans leur âme un doute, concernant leur croyance d'antan, il les sentira aptes a recevoir les rayons d'une conviction découlant d'un raisonnement, dont la lumière viendra inonder les coins de leur conscience, laisses dans la pénombre par la conviction première.

LA CONVICTION ACQUISE

Elle pourrait adopter le qualificatif d'artificielle car elle est entièrement forgée par le protagoniste et dressée de toutes pièces dans l'âme de celui qui en sera le détenteur.

Par sa sincérité elle se rapproche de la conviction raisonnée, mais elle en diffère par son origine.

La conviction acquise, est celle qui les résume toutes, puisque c'est celle-là même qui les détrônera pour régner uniquement.

Elle sera pure de tout sentiment atrophiant.

Elle renfermera cependant une force d'idéal assez puissante pour battre en brèche l'idéalisme stérile. On est trop souvent tenté de confondre ces deux mots et de les appliquer à la même recherche.

Ceci est une grave erreur.

L'idéal est le but et la fin de toutes choses, car il représente la synthèse des efforts vers un terme qu'il concrète dans une image.

L'idéalisme n'est que l'apparence décevante qui se dérobe à mesure que l'on tente de l'identifier.

L'idéal est la lumière éclairant la marche vers le mieux.

- L'idéalisme n'est qu'une lueur confuse, trop haut placée pour distribuer de suffisantes clartés.

Le sentiment de la force, dans tout ce qu'il y a de noble et de vivifiant, devra encore participer à toute tentative de persuasion.

La faiblesse, même parée des plus attrayantes couleurs, est une tare qu'il faut combattre et détruire, si l'on veut parvenir a impressionner utilement et sainement les âmes.

Enfin le moteur principal de tous les actes produits par celui qui cultive l'art de convaincre sera l'effort vers l'accaparement des forces ambiantes, qui seront les échelons à l'aide desquels il gravira, suivi de ses disciples, les sommets du Bien et de la Beauté.

DEUXIÈME PARTIE

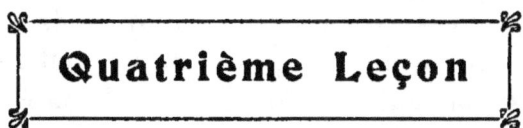

Quatrième Leçon

Les conditions premières.

C'est, ainsi que nous venons de le voir, un art
véritable que celui qui consiste à pétrir l'esprit des
autres, de telle façon qu'ils en viennent à s'assimi-
ler les opinions, les aspirations, les enthousiasmes,
voire même les haines de celui qui a entrepris d'é-
veiller en eux ces sentiments.

Aussi l'art de convaincre confère-t-il une véritable
puissance à celui qui sait en user avec sagacité.

On a cru trop longtemps que le fait d'acquérir sur
son prochain un ascendant moral assez considérable
pour influencer ses mouvements d'âme, était l'apanage d'un petit nombre de privilégiés, qui, dès leur
naissance, s'étaient trouvés auréolés de ce pouvoir.

Il existe certainement des créatures, qui, sans
effort et en suivant la pente naturelle de leurs penchants, exercent sur ceux qui les entourent une domination certaine; mais on tomberait dans une er-

reur profonde, en pensant qu'à ces élus seulement est dévolu le don de faire naître la conviction.

Ne voyons-nous pas tous les jours des gens qui sont passés maîtres dans un talent dû à leur seule application ?

Si les dispositions naturelles favorisent le développement de certaines facultés, en en rendant l'acquisition définitive infiniment moins laborieuse, il est hors de doute, cependant, qu'il n'en n'existe aucune dont la possession ne soit accessible à tout être normalement équilibré.

Il est donc essentiel, pour ceux qui désirent se parer d'un mérite nouveau, d'étudier la nature de l'art qu'ils désirent cultiver et de s'appliquer ensuite à faire éclore en eux les qualités indispensables à son complet épanouissement.

La conviction se transmet par des moyens multiples, dont les principaux sont :

La preuve brutale et indéniable ;

La révélation ;

La pénétration lente.

On pourrait comparer la preuve brutale à un faisceau de lumières brusquement allumées, qui, tout en éclairant sans discussion possible, apporteraient cependant avec elles une gêne, provenant de leur grande intensité.

La preuve indéniable, trop impétueusement présentée, amène parfois la stupeur plutôt que la conviction intégrale.

Comme la lumière trop vive dont il était question tout à l'heure elle éblouit, et, comme elle, elle aveugle partiellement et momentanément ceux qui en ont reçu le choc brutal.

Ainsi présentée la preuve indéniable laisse le champ libre à mille suppositions et à toutes les atténuations qui peuvent être défavorables à la défense de la cause que l'on voudrait voir priser sans discussion.

Si la lumière frappant trop directement les yeux, fait paraître plus épaisse l'ombre environnante, de même une preuve trop évidente, présentée sans ménagements, implique une telle profusion de clarté, qu'elle éblouit celui qu'elle frappe et ne lui laisse pas la faculté de juger les choses qui se tiennent au delà de son foyer lumineux.

Dans ces conditions la conviction s'impose mal, car il faut toujours compter avec les timorés ou les entêtés, qui se retranchent derrière la redoute de leur suspicion, se demandent si les coins d'ombre ne recéleraient point, par hasard, les atténuations ou les explications qui pourraient donner à l'indéniable évidence un sens tout autre que celui qu'elle paraît avoir.

Ceux qui procèdent par *révélation* se gardent bien, au contraire, d'accabler ceux qu'ils desirent convaincre sous le poids d'arguments definitifs.

Ils procèdent d'une façon toute differente.

Si la première methode est celle de la lumière brutale, on pourrait appeler celle-ci la méthode du rayonnement.

Il ne s'agit plus d'un brusque *Fiat lux* mais d'une diffusion lumineuse qui permet de distinguer, non seulement l'objet que l'on presente, mais encore tous ceux qui l'environnent.

Au lieu d'être amenés sans ménagement devant la personne interessée, les arguments convaincants sont presentés de telle façon qu'il lui soit possible d'en discuter la portée, en tenant compte de leur relativité, eu egard aux circonstances qui les entourent et a celles qui les ont aidees a naître.

Le talent de celui qui opère par revelation est de savoir distribuer la clarte sur tous les raisonnements qu'il presente, tout en maintenant le foyer lumineux en dehors de la vue des yeux qu'il pourrait blesser.

Ses arguments sont comme autant de torches brillantes, distribuant la lumière d'en haut sur tous les objets qui se trouvent dans le champ de ses rayons, sans que jamais leurs flammes puissent créer un éblouissement, motivant une cécité momentanée, ou, tout au moins une incertitude de la vision.

La pénétration est le moyen le plus lent mais le plus sûr d'amener ceux que l'on veut convaincre a se convertir aux idées que l'on expose.

Il ne s'agit plus ici de rayonnement, moins encore de clarté brutale. La conviction par la pénétration pourrait se comparer a une aube qui, lentement, laisse tomber les voiles gris qui l'entourent. La chute de chacune de ces gazes légères rend le mystère moins opaque et les yeux qui sont appelés à le contempler dans le triomphe de son avénement l'ont pressenti avant de le constater.

Celui qui est expert dans l'art de convaincre par la pénétration peut être assimilé, la plupart du temps, à un prédicateur exposant des idées qui sont au fond des cœurs de tous ceux qui l'écoutent.

Les unes y dorment et se lèvent à la voix de celui qui les appelle, les autres, déja éveillées et turbulentes, sont heureuses de trouver un prétexte pour prendre leur essor, tandis qu'aucun de ceux qu'elles habitent ne doute qu'elles ne lui soient propres. Et c'est ce qui les lui rend d'autant plus chères.

Il est cependant des cas où la conviction ne peut être semée qu'à l'aide de la preuve brutale, mais il faut bien se garder de la présenter avant d'avoir extirpé la croyance contradictoire.

Sinon ce serait en vain que l'on s'efforcerait à produire la preuve lumière. Les entêtés s'obstineraient à croire que la vérité git dans les coins d'ombre que leur éblouissement ne leur permet pas de scruter.

C'est pourquoi il est indispensable de provoquer

le rayonnement, afin de ne point donner a l'opiniâtreté le droit d'atténuer par des faux-fuyants l'effet de la preuve indéniable dont on démontrera l'existence.

L'art de convaincre se peut définir de maintes façons, suivant la nature de celui qui le pratique.

Pour les uns c'est substituer sa pensée à celle de ses interlocuteurs.

Pour d'autres c'est régner sur cette pensée, afin de la diriger vers un centre d'action, compatible avec les aspirations de celui qui tient a s'adjoindre des adeptes.

Pour quelques-uns, l'art de convaincre consiste en un desir de domination excessive; regenter la pensée des autres ne leur suffit pas : ils s'appliquent à la domestiquer. Il est bon d'ajouter que ces derniers atteignent rarement un but dont la noblesse soit enviable. Leurs adeptes, trop dociles et trop dépourvus de qualités essentielles, les suivent passivement, jusqu'au jour où ils rencontrent un autre chef de file, dont la puissance de persuasion agit avec plus d'intensité sur leurs débiles cerveaux.

On les voit alors abandonner ce qu'ils prisaient si fort, avec une désinvolture qui devrait donner a penser à celui dont ils adoptent présentement les principes.

Ces conquêtes sont négligeables et les hommes d'action ne doivent pas s'enorgueillir de les avoir réalisées.

Si cependant, ils ont besoin du concours de ces âmes débiles, il feront bien d'agir à leur égard comme faisaient autrefois les capitaines qui menaient de nouvelles recrues à la guerre.

Ils ne commettaient point la faute de les laisser en groupe, il les disséminaient et les encadraient par des soldats, dont l'expérience et la bravoure défiaient les surprises des impulsivités.

Ainsi feront ceux qui possèdent l'art de convaincre ; car il ne suffit pas que la conviction se manifeste d'une façon intermittente et superficielle, pour que le but se trouve atteint.

La conviction ne mérite ce nom que lorsqu'elle adopte un caractère d immuabilité, propre à donner à celui qui l'eprouve l'illusion de l'avoir fait éclore lui-même.

On ne doit jamais oublier que l'amour-propre joue un rôle prépondérant dans toutes les actions humaines et celui qui n'a point l'habileté de persuader à ses interlocuteurs que leur foi sincère n'est autre que le résultat de leur volonté propre, ne peut se vanter d'être expert dans l'art de convaincre.

Il ne suffit pas en effet, d'avoir, soit par le fait de la Révélation, de la présentation de preuves indéniables ou d'une pénétration patiente, fait fleurir dans l'âme de ceux qui écoutent la conviction que l'on veut leur faire partager ; si l'on désire qu'elle s'y implante d'une façon definitive, il est indispensable de leur donner à croire qu'ils en portaient en eux les germes et que nulle influence, autre que celle de leur propre raisonnement, n'a provoqué l'épanouissement dont ils sont tout disposés à se glorifier.

L'habileté suprême consistera à les entretenir dans cette croyance en affirmant la similitude des pensées communes.

C'est le secret de bien des orateurs qui entraînent les foules par des phrases telles que celles-ci :

— Je ne vous ferai pas l'injure de croire que vous puissiez penser autrement.

— En proclamant cette conviction, je sais que je suis l'interprete de la plupart d'entre vous...

— Quoique nos idees soient différentes de forme, nous nous trouvons tous réunis dans une aspiration commune...

— Je sais qu'en affirmant ceci, j'exprime tout haut ce que chacun de vous pense tout bas...

Celui qui est expérimenté dans l'art de convaincre ne manquera pas non plus de faire certaines concessions, qui lui attireront la sympathie de ceux qu'il désire gagner à sa cause.

L'intransigeance ne fut jamais un moyen de conquête. Savoir céder quelques pouces de terrain pour acquérir un territoire est une tactique que tous les conquérants ont pratiquée.

Or, l'art de convaincre est une conquête qui peut marcher de pair avec les plus glorieuses, car celui qui sait régner sur la pensée d'autrui peut se considérer comme un créateur, puisqu'il provoque une éclosion qui, sans lui, ne se serait peut-être jamais produite.

Cette éclosion fut, du reste, de tous temps très cultivée et savamment provoquée par tous ceux qui ont mis leurs soins à façonner l'esprit des autres d'après l'idéal qui leur semblait le plus louable.

Dès la plus haute antiquité, des hommes, qui passèrent pour des maîtres dans cette science, s'appliquèrent à former des initiés auxquels ils insufflaient leurs convictions propres.

Ces hommes, dont la renommée a conservé les noms, appartiennent pour une part à la légende et pour une autre à l'histoire.

On peut cependant hardiment assurer que les seconds se sont inspirés des premiers.

La légende qui se rattache à un nom est presque toujours l'écho des faits qui ont caractérisé l'époque à laquelle ont vécu ceux dont la recherche s'est synthétisée dans ce nom.

C'est ainsi qu'on voit de nombreux travaux attribués à un seul homme, alors que plusieurs vies humaines eussent à peine suffi pour accomplir l'œuvre à laquelle un nom unique est resté attaché.

On peut hardiment conjecturer que cet homme fut un maître dans l'art de convaincre et que tous ceux qui l'ont précédé ou suivi ne furent que les satellites de l'astre rayonnant de son intelligence.

Il est donc sage, pour ceux qui désirent progresser dans cet art difficile, de s'inspirer aussi bien des unités légendaires que des hommes éminents qui ont commenté leur science, en la dégageant des obscurités, dont les anciens se plaisaient à recouvrir les influences mentales dont ils disposaient.

L'art de convaincre adopte bien des méthodes et doit s'exercer de façon diverse, suivant les entendements qu'il s'agit de toucher.

C'est à celui qui le pratique de pressentir les âmes qu'il veut éclairer et de mesurer l'intensité des rayons qui convient a chacune d'elles.

Cinquième Leçon

L'Éloquence qu'il faut avoir.

Avant de chercher à convaincre par la parole, il est bon de connaître la mentalité des gens auxquels on s'adresse.

Il ne suffit pas d'être éloquent; encore faut-il que cette éloquence se trouve appropriée au temperament et à l'intelligence de ceux qu'elle doit toucher.

Celui qui veut convaincre doit donc, avant tout, se préoccuper des tendances de celui qui l'écoute.

Cette étude lui sera rendue facile, s'il veut bien observer la façon dont parlent eux-mêmes ses interlocuteurs.

Rien ne décèle mieux le caractère des gens que leur langage habituel, car ceux-mêmes qui ont su se corriger et adopter une façon de parler contraire à leur impulsion, démontrent par là qu'ils sont des gens de sens rassis et des amis sincères de la pondération.

Il est hors de doute qu'avec chaque interlocuteur il appartient d'employer des arguments qui, semblables quant au fond, diffèrent essentiellement de forme.

L'homme calme ne sera pas touché par le raisonnement qui frappera l'enthousiaste.

En revanche l'homme simple se laissera attendrir par des paroles qui n'amèneront pas la persuasion dans l'âme de celui dont l'éducation est plus étendue.

Le paresseux ne goûtera pas les motifs qui décideront l'homme laborieux.

On le voit, l'étude des caractères s'impose à tous ceux qui veulent entreprendre de persuader par le moyen de la parole.

En y persévérant, ils découvriront que c'est le langage, c'est-a-dire la façon d'exprimer sa pensée, qui, malgré les pièges tendus aux observateurs superficiels, donne les indices les plus nets du caractère de celui qui parle, et, partant de là, les indications les plus précises sur la façon d'agir sur son esprit.

Par exemple, avec les gens impatients, prononçant les mots avec une telle volubilité qu'ils se donnent à peine le temps de les achever, il serait maladroit d'essayer de longs et corrects discours, qui ne manqueraient pas de passer inaperçus sous le flot des interruptions et des paroles oiseuses.

Les hommes de tempérament sanguin sont expansifs et la froideur n'aurait aucune prise sur eux.

Les gens pondérés n'admettent que des phrases utiles et justifiées, soit par l'idée qu'elles représentent, soit par la nécessité des explications que cet exposé entraîne, soit enfin par la qualité des enseignements qui en découlent.

Pour les convaincre, il est donc essentiel d'éviter de s'écarter du sujet; avec eux les fleurs de rhétorique sont complètement inutiles et, dans l'orateur, ils n'estiment que le penseur.

On reconnaît les gens dont l'éducation a été soignée au diapason modéré de leur voix. Ils savent discuter sans attirer l'attention de ceux qui sont autour d'eux et ne chercheraient qu'à se débarrasser de celui qui entreprendrait de les convaincre, en y mettant une passion qu'ils jugeraient déplacée. Avec ces derniers, une retenue de bon ton est donc indispensable pour se faire écouter.

Car ce n'est pas assez de se faire entendre pour celui qui veut convaincre. Ce n'est pas seulement le sens de l'ouïe qu'il faut atteindre, mais celui de la bonne volonté, d'abord.

Si l'on ne sait éveiller la sympathie de son auditeur, celui-ci negligera de faire l'effort nécessaire pour maîtriser son attention et laissera les paroles frapper son oreille, sans imprimer en son cerveau les images correspondantes.

Les gens mal appris ont assez volontiers l'habitude de crier a tue-tête, sans trop s'occuper des repliques que leurs discours peuvent amener.

Avec ceux-là une grande moderation est indispensable, car si l'on se laissait aller à les imiter, il ne sortirait de l'entretien qu'un échange de mots confus, s'enchevêtrant et disparaissant dans le tumulte des exclamations.

Il sera, du reste, facile de remarquer que ce moyen est le seul qu'il soit possible d'employer avec les gens dont nous parlons, si l'on veut bien observer ce qui se passe habituellement dans les discussions houleuses. Les gens les plus bavards s'arrêtent pour interroger leurs interlocuteurs muets. Ceux qui parlent sans entendre les arguments de l'adversaire, sont les premiers a se taire, devant le silence de ce dernier.

Il en est de même dans les reunions ou les assistants ne prêtent à l'orateur qu'une attention restreinte et ne craignent pas d'echanger a mi-voix des remarques, qui, la plupart du temps, sont totalement etrangeres au sujet que l'on traite devant eux.

Si celui qui parle s'entête a dominer le bruit des

conversations particulières, celui-ci devient bientôt intolérable et tous ses efforts, toutes ses abjurations, même, ne parviennent point à rappeler les bavards au sentiment des convenances.

Cependant si, excédé, il s'arrête court, les causeurs surpris se taisent immédiatement et, si l'orateur est un homme avisé, il ne manquera pas de profiter de cette accalmie pour rétablir un silence définitif.

Les hommes méfiants parlent peu ; on croirait qu'ils craignent de voir leurs pensées saisies au vol et dénaturées par ceux qui les écoutent.

Ceux-là ne se laisseront point éblouir par le brio de l'interlocuteur. Il serait même très maladroit de déployer vis-à-vis d'eux le chatoiement des phrases brillantes. Leur méfiance s'en accroîtrait d'autant et ils en viendraient à suspecter même la vérité la plus pure, si elle leur était présentée d'une façon trop élégante.

Les mélancoliques aiment à parler de leurs maux et de leurs peines plus ou moins fictifs et, quoi qu'on fasse, on n'obtiendra leur attention qu'après avoir payé un tribut de compassion aux misères qu'ils étalent.

Les flatteurs emploient des termes si exagerément louangeurs, qu'il est parfois difficile à un interlocuteur de sens pondéré de les suivre dans cette voie.

Il aurait, du reste, grand tort de s'y engager avec eux, car l'habitude de se servir de mots qui dépassent toujours leur pensée, les rend inaptes à saisir la proportion véritable de ceux qui leur sont adressés, s'ils sont l'écho de leurs habituelles amplifications.

La simplicité les frappera bien mieux que n'importe quels compliments outranciers et ils apprécieront d'autant mieux les louanges méritées qu'ils savent celui qui les leur adresse, peu prodigue de banalités.

Quant aux timides, on sait avec quelle facilité ils s'embarrassent dans leurs discours et combien rarement ils en arrivent à dire ce qu'ils s'étaient proposé de raconter, ou, tout au moins ils le font dans des termes si embarrassés qu'ils sentent eux-mêmes combien leur désarroi dessert leur cause.

Celui qui voudra les conquérir, devra avant tout, éviter de leur montrer qu'il remarque leur trouble. Il gagnera ainsi leur confiance, car, on le sait, ce qui est surtout déprimant pour un timide, c'est le sentiment que tout le monde est au courant de sa gaucherie.

Il aura donc une raison primordiale de donner sa sympathie à celui qui, en feignant de ne point voir ses ridicules, supprime, en partie du moins, le supplice que comporte pour lui une explication ou une démarche quelconque, au cours de laquelle il doit se mettre en vue.

On voit très souvent des ignorants abuser des mots techniques, qu'ils placent au petit bonheur.

Sans se jamais tromper, on peut conclure que ce manque de savoir se greffe d'une terrible vanité et celui qui a entrepris de les convaincre, ne devra pas négliger ce renseignement.

La facilité d'élocution est la marque d'un caractère harmonieux, qui sait assembler les idées et les coordonner dans son esprit, avant de les extérioriser.

Ceux qui sont ainsi doués seront moins difficiles à convaincre, car accoutumés à discipliner leurs pensées, ils sauront se mettre en état de comprendre celles que l'on énoncera devant eux.

Les gens qui parlent d'une façon confuse sont presque toujours des étourneaux, incapables de formuler leurs sentiments et empêchés par leur légèreté de les ressentir assez profondément pour les traduire d'une façon distincte.

Ceux-là ne seront touchés que par des arguments

4

décisifs, car ils ne donneront pas facilement leur attention aux considérations qui ne seront pas de nature à les atteindre personnellement.

Il ne faudrait pas confondre ces derniers avec les gens qui balbutient. C'est presque toujours le manque de volonté qui les empêche de s'exprimer nettement.

Si l'étourderie occasionne la confusion d'un langage, reproduisant le chaos de la pensée, la faiblesse de vouloir se traduit par les hésitations de la parole, interprétant les tergiversations de l'idée.

C'est pourquoi, avant de convaincre les hésitants de la parole, il sera bon de chercher à fixer leurs aspirations ; sinon tous les discours qu'on pourrait leur adresser, courraient grand risque d'être proférés en pure perte.

On reconnaît encore les défaillants de la volonté, à l'habitude qu'ils ont de sauter d'un sujet à un autre, sans qu'il y ait, la plupart du temps, aucun lien entre les idées qu'ils émettent ou les faits qu'ils mentionnent.

Les gens colères se distinguent par la vivacité de leurs expressions et la tendance à émettre des jugements, aussi éphémères qu'ils sont dépourvus d'indulgence.

On doit ajouter que l'accès passé, leur opinion se modifie instantanément et que, revenus au calme, ils sont tout prêts à encenser ce qu'ils auraient brûlé dans le moment de leur colère.

Essayer de convaincre celui qui traverse une période d'irritation, serait non seulement inutile, mais fort maladroit, car on risquerait d'émousser en pure perte des arguments qui, présentés au moment favorable, auraient toutes sortes de chances d'être bien accueillis.

Les gens d'un caractère droit emploient le mot juste, même quand ce mot stigmatise trop vivement ce dont ils parlent.

On admire aussi la limpidité des discours chez
les penseurs qui, avant de raisonner sur un sujet,
s'en sont inspirés longuement.

En thèse générale, il faut admettre que ceux-là
sont moins difficiles à convaincre que les autres, si
la persuasion que l'on veut créer en leur esprit a
trait à une cause intelligente et juste.

Il s'agit donc, en ce qui regarde le côté éloquence de se baser d'abord sur le langage de
ceux qui vont devenir de futurs adeptes.

En tenant compte de toutes les observations que
nous venons de signaler, on arrivera plus facilement
à ses fins, surtout si l'on veut bien ne pas perdre
de vue les deux conditions essentielles pour capter
la confiance des auditeurs :

L'art d'éveiller en eux cette confiance.

Celui de captiver leur attention.

Ce sont les deux bases sur lesquelles doit
s'appuyer l'orateur, désireux de faire passer sa conviction propre dans l'âme de ceux qui l'écoutent.

On doit aussi ne pas perdre de vue l'égoïsme
inconscient qui incline chacun à se préoccuper
presque uniquement des choses qui l'intéressent.

Cet égoïsme ne puise pas toujours ses sources
dans un sentiment méprisable.

Il arrive même que, dans un but purement huma-
nitaire, des gens se consacrent spécialement à un
genre d'études, qui seul a le don de les intéresser.

D'autres — et ce sont souvent les profonds penseurs, — ont reconnu combien la vie humaine est
courte en regard des connaissances qu'il est utile
d'acquérir.

Ceux-là ont circonscrit le champ de leurs invest-
gations.

L'exemple de l'abeille butinant chaque fleur ne
les tente pas.

Après avoir tenté de posséder des sciences multiples, ils ont borné leur ambition à l'étude approfondie de l'une d'elles.

Volontairement ils écartent de leurs pensées tout
sujet qui tendrait à dérober un peu du temps qu'ils
ont résolu de consacrer à celui qui les préoccupe.

Il est des ambitieux qui songent surtout à leur
gloire et négligent tout ce qui ne semble pas s'y
rapporter.

Il est aussi des simples que les aperçus trop
compliqués effarouchent.

Il en est enfin, et c'est là le plus grand nombre,
qui désirent surtout être distraits ou amusés.

L'orateur, même s'il songe à former des convictions de grande envergure, ne devra jamais négliger
aucune de ces considérations.

Il s'inspirera des grandes figures de l'histoire et
verra que même ceux dont les discours étaient de
nature à fustiger les grands de la terre, ne détruisaient en eux des convictions erronées pour y implanter celles de leur choix, qu'en leur parlant le langage
qui leur était propre.

C'est en les entretenant, même pour les blâmer,
des futilités qui leur semblaient condamnables,
qu'ils parvenaient à capter leur attention.

S'ils étaient entrés brusquement dans le cœur du
sujet, s'ils n'avaient pas su faire à la frivolité de
leurs auditeurs les concessions qu'elle réclamait
ils n'auraient jamais été suivis comme ils le furent,
dans les méandres des exhortations efficaces.

La personnalité de l'orateur doit, tout au moins
apparamment, se lier étroitement avec celle de l'auditeur s'il veut conquérir ce dernier.

Toute idée étrangère à la préoccupation qui
anime celui qu'on veut convaincre le trouvera rebelle
ou distrait, ce qui est peut être pis.

En effet, on peut combattre un adversaire, si

hostile soit-il, mais il est impossible de vaincre un ennemi qui se dérobe.

Or, celui qui n'est pas attentif est inexistant.

Voilà pourquoi certains hommes, dont les qualités sont cependant remarquables, ne parviendront jamais à faire des prosélytes, tandis que d'autres, bien plus faiblement doués, savent forcer la porte des cœurs.

C'est qu'ils y frappent au bon endroit.

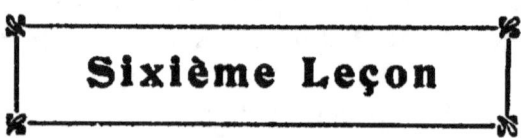

Sixième Leçon

La connaissance des faits.

Trop de gens se mêlent de vouloir parler de choses qu'ils n'ont étudiées que d'une façon superficielle. C'est là, il faut l'avouer, un moyen détestable pour amener la conviction dans l'esprit des autres.

Quelle force de persuasion peut posséder celui qu'une question inattendue déconcerte et qui se trouve incapable de réfuter les objections pleines de fondement qui lui sont soumises ?

Avant de chercher à créer la persuasion chez autrui, il est donc indispensable de posséder assez bien son sujet pour qu'aucune question ne demeure sans une réponse satisfaisante.

Pour ce faire il est d'abord nécessaire d'avoir étudié sous toutes ses faces l'objet qui fait le but de l'effort.

Qu'il s'agisse de choses futiles ou de questions graves, celui qui veut exercer sur ses semblables une influence convaincante devra avant tout être (sinon convaincu lui-même), tout au moins prêt à soutenir toutes les controverses.

Nous venons d'insinuer qu'il serait possible de chercher à amener dans l'esprit des autres une conviction que l'on ne partage pas. Cette phrase appelle une explication.

Il ne s'agit pas ici de conseiller la duplicité, en admettant qu'il peut être parfois adroit de suggérer des opinions contraires à celles que l'on garde par devers soi et de professer une doctrine opposée à ses propres convictions.

Mais la vérité n'est pas toujours un moyen certain de conviction et la trop grande franchise est, parfois, sœur de la maladresse.

Bien des esprits ne sont pas mûrs pour supporter l'épreuve de la vérité pure.

Il faut compter avec les débilités morales, les fragilités d'intention, les scrupules et leur cortège habituel de faiblesse.

Les Américains ont coutume de dire que la vérité est une fille fruste qui, pour être bien acccueillie partout, doit souvent se parer d'atours qui ne lui sont pas familiers.

Il serait bon d'ajouter qu'elle se fait un devoir de les dépouiller tour à tour, afin de se montrer aux initiés dans tout l'attrait de sa force et de sa beauté robuste.

Mais avec quel tact doit être opérée cette métamorphose !

Vis-à-vis de bien des gens elle ne devra être complète que lorsqu'ils seront pénétrés du principe magnifique qui se dégage de la simplicité.

Mais trop de cerveaux débiles se trouvent attirés vers le brillant des complexités, dans lesquelles ils croient démêler un attrait.

Beaucoup d'autres craignent le rude choc d'une pensée trop clairement exprimée.

Enfin trop de gens sont heureux de se mentir à eux-mêmes.

Faut-il en conclure que le porteur de conviction doive farder la vérité ?

Nous avons simplement voulu exposer l'état d'âme très frequent de celui qui défend certains principes dont l'expérience lui a montré la fausseté réelle et l'illusion nécessaire.

Il peut arriver qu'un désabusé de la vie soit amené à en vanter les beautés, devant celui qui a besoin de ce mirage, pour ne pas sombrer dans les abîmes du désespoir.

On voit tous les jours des malades reprendre courage et mourir sans angoisse, parce que ceux qui les soignaient. quoique absolument instruits de l'issue fatale de la maladie, ont trouvé en eux l'énergie de les convaincre de leur guérison, plus ou moins proche, mais certaine.

Il peut arriver encore que la conviction personnelle soit subordonnée à celle d'autrui.

Ce fait se produit quotidiennement dans les affaires. Il arrive que telle entreprise, excellente et rémunératrice en elle-même, ne le devienne dans la pratique que si l'on sait amener dans l'esprit des gens la conviction qui les incitera à la faire prospérer à l'aide de leurs capitaux.

Si celui qui a entrepris de les convaincre n'y parvenait pas, cette entreprise pourrait péricliter sans que, pour cela, elle ait *théoriquement* rien perdu des qualités qui la faisaient recommander.

Dans ce cas la conviction de celui qui la propose ne serait point entachée de non-sincérité, mais elle serait pour ainsi dire, conditionnelle, puisque subordonnée à celle des futurs participants.

De tout ceci il découle que la connaissance entière du sujet, à propos duquel il désire faire naître la conviction, est indispensable à celui qui s'est chargé de la difficile mission de le faire apprécier comme il le désire.

Avant tout, il se pénétrera lui-même de tous les détails, de toutes les circonstances de nature à influer sur les modalités de la cause qu'il va faire sienne, avec l'intention de propagande hantant tous ceux qui, par vocation ou par calcul, ont à convaincre leur prochain.

Il s'efforcera de la voir à la clarté de la vérité et non à celle de son imagination, qui, suivant son humeur, la lui présentera sous des couleurs diverses, reéditant ainsi l'aventure de ces trois enfants qui avaient été admis tour à tour à la faveur d'assister à une representation donnée par une célèbre danseuse.

Rentrés chez eux et questionnés par leurs parents, ils furent unanimes : ç'avait été magnifique.

— Et la dame ?...

— Oh ! la dame avait l'air d'un ange dans sa robe bleue.

— Pardon, interrompit l'un, la robe etait rouge.

— Non, fit gravement le troisième, elle etait verte, d'un beau vert foncé.

Et chacun se mit à soutenir son opinion si ardemment que les parents durent intervenir.

Cependant, ces affirmations les troublèrent. Il était clair que deux des enfants mentaient, mais lesquels ? Et dans quel but ?

On allait leur faire passer des examens pour se convaincre qu'ils n'étaient point affligés de dalto nisme, lorsque tout fut expliqué.

Les trois enfants n'ayant bénéficié que d'une seule place étaient entrés successivement et chacun avait assisté à un jeu de lumière différent.

En réalité, la robe de la danseuse était blanche, mais des projections diversement colorées l'avaient tour à tour teintée de bleu, de vert et de rouge.

Il en est ainsi de beaucoup de gens qui, suivant l'expression familière, voient les choses en rose ou en noir, selon l'état actuel de leur esprit et d'après les fantaisies de leur humeur.

Pour bien se pénétrer de la nature des faits que

l'on veut exposer, il est donc essentiel de chercher à les voir tels qu'ils sont et non tels que notre fantaisie passagère aimerait à nous les représenter.

On devra se garder aussi bien de l'enthousiasme que du pessimisme.

Ces deux sentiments peuvent être considérés l'un comme l'autre ainsi qu'un obstacle au développement des sentiments favorables.

Celui qui se laisse emporter par un trop facile enthousiasme, ne tarde pas à acquérir une conception fausse des choses les plus simples, et, s'il veut les présenter, il le fait avec une exubérance si marquée, qu'il aliène la conviction au lieu de la faire naître.

Si par hasard il arrivait à la produire dans l'esprit de ses auditeurs, cette tentative n'aurait guère de lendemain car ces derniers, vite désappointés, s'empresseraient de se détourner de lui.

Le moindre inconvénient de l'enthousiasme est d'inciter l'imagination à parer l'objet dont on parle de couleurs si brillantes que, peu à peu, il se transforme dans l'esprit de celui qui l'admire avec trop d'ardeur.

Le moindre fait devient pour ce dernier un événement.

L'acte le plus ordinaire revêt les allures d'un fait héroïque; la plus petite contrariété, involontairement dramatisée, peut être le point de départ d'une tragédie, tandis qu'un simple espoir devient une réalisation magnifique.

Il est à peine besoin d'assurer que les enthousiastes sont les premières victimes de leur penchant, car les désillusions les assaillent constamment; mais si leur nature les porte à oublier l'expérience ancienne pour retrouver les mêmes ardeurs, dès qu'un projet nouveau les séduit, il n'en n'est pas de même de ceux qui les ont une première fois suivis dans cette voie.

Le désappointement ancien reste presque toujours vivace en leur souvenir et rares sont ceux qui se laisseront une seconde fois convaincre par celui qui, une première fois déjà, leur a montré un objet sous des couleurs apocryphes.

Quant au pessimisme, il n'a même pas le privilège d'amener une conviction première.

Les désabusés sont, en principe, les apôtres de la désillusion et les servants du doute ; étant eux-mêmes assez loin de la conviction, ils sont mal placés pour la faire naître chez les autres,

On objectera peut-être que la mélancolie est contagieuse et qu'on a vu maintes fois des pessimistes faire partager leurs désespérance à ceux qui les entouraient.

On pourrait répondre qu'il s'agit la plutôt d'une sorte de contamination que d'une action convaincante.

Le véritable pessimiste se trouve enclin à penser que tout va mal, et se plait à voir tous les côtés défectueux d'une chose en négligeant d'en apprécier les avantages.

Dans le cas où on les fait valoir en rétorquant ses arguments, il se borne à hausser les épaules et à nier, sans baser son opinion sur autre chose que le néant des joies.

Il est donc, aussi bien que l'enthousiaste, parfaitement inapte à créer une conviction durable, dans l'âme de ceux qui se donnent la peine de raisonner un peu.

Ces défauts de caractère sont, en outre, les causes d'une déformation constante de l'appréciation, car avant d'être suffisamment versé dans la science de la connaissance des faits, il est essentiel de les considérer sous leur aspect véritable.

Quel jugement peut-on attendre de celui qui se refuse à voir la vérité, ou n'admet pas qu'on doive l'examiner sous toutes ses faces ?

L'opinion publique ne tarde pas à faire justice de ces errements. Ceux qui ont été une fois trompés, soit par une description trop louangeuse, soit par une critique trop visiblement empreinte de partialité, ne prêteront plus l'oreille aux propos de celui qui, après les avoir une fois induits en erreur, essayerait encore de les convaincre.

C'est de cette sorte de gens que l'on dit familièrement : « Ils offriraient des pièces de cent sous pour trois francs que personne ne voudrait leur en acheter. »

Celui qui veut cultiver l'art de convaincre doit donc, pour arriver à la véritable connaissance des faits, s'attacher à les étudier dans leur rigoureuse réalité.

Dès qu'il sera parvenu à les voir tels qu'ils sont, il s'occupera de trois points importants :

L'utilité du sujet ;

Son but ;

Ses conséquences.

Il est rare d'arriver à convaincre les gens de l'intérêt qu'ils doivent attacher à un sujet dont l'utilité n'est pas définie.

Qu'il s'agisse de choses d'une haute portée morale ou d'objets purement matériels, on ne peut parvenir à faire partager sa prédilection que si ce que l'on recommande présente un avantage moral ou tangible à ceux que l'on désire entraîner à sa suite.

Les plus belles fictions, les idées les plus immatérielles évoquent toujours un sentiment d'utilité, ne serait-ce que celui de la marche vers le perfectionnement moral.

En un mot, il est essentiel que la conviction éveille, dans l'esprit des futurs adeptes, l'impression d'une augmentation, soit que cet accroissement se rapporte au bien de leur âme, soit qu'il concerne simplement les jouissances terrestres et les intérêts journaliers.

Tous les pasteurs d'âme, tous les fondateurs de religions ont compris cette nécessité et il n'est pas de croyance qui ne comporte un encouragement, sous forme de récompense céleste, pour tous ceux qui ont suivi les traces de leurs pères et embrassé la doctrine qu'une conviction forte imposa jadis à leurs ancêtres.

L'Utilité, sous forme de perfectionnement et d'augmentation désirable, doit donc être degagée de chaque fait, à propos duquel on désire créer une conviction.

Il n'est pas moins nécessaire d'en désigner le but.

Les gens d'esprit inférieur seuls se laissent aller à admettre les pensées et les actes dont le but est inexistant.

Il est vrai de dire que cet acquiescement ne devient jamais pour eux une acquisition véritable, car leurs hésitations les transportent successivement vers des buts divers et inutiles pour la plupart.

Mais le fait seul de cette recherche, opérée inconsciemment par des esprits instinctifs, prouve combien la réalité du but est obligatoire.

La conviction sera d'autant plus facile à faire éclore que le but sera plus tangible et plus authentique.

C'est donc à celui qui tient a diriger les aspirations des autres, d'etudier les faits de façon à les présenter clairement.

Cependant, dans la plupart des cas, il ne suffit pas de dévoiler le but, il est surtout adroit de faire valoir quelles conséquences peut entraîner la conviction éveillée dans les esprits.

Dans ce cas encore, l'étude minutieuse du sujet, sa connaissance approfondie, aideront puissamment à la persuasion dont on attend des effets propices.

« Connais-toi toi-même », disait un sage de la Grèce.

En parodiant ce mot célèbre, on pourrait dire aux orateurs :

— Connaissez d'abord sous leurs diverses faces, les avantages, les inconvénients, le but, l'utilité, les conséquences de l'objet au sujet duquel vous voulez voir partager votre prédilection. C'est seulement lorsque vous serez prêt à répondre à toutes les objections et à subir victorieusement les interrogatoires les plus minutieux à ce propos, que vous pourrez bravement le recommander, le défendre et, en dernier lieu, l'imposer.

Pourtant, il serait maladroit de dévoiler brusquement à celui que l'on veut convaincre les difficultés de la tâche.

On doit penser que le protoganiste d'une idée s'adresse presque toujours à des volontés sans consistance, qu'un rien décourage et détourne de l'effort.

Beaucoup de porteurs d'idées se sont heurtés à ces vouloirs languissants, qui, par la seule force de l'inertie, représentent une muraille infranchissable.

Toutes les tentatives viennent se briser contre la veulerie de ces âmes que les multiples soins de l'accomplissement effrayent et inquiètent.

Les indolents reculent devant les actes qui pourraient leur être imposés.

Les timorés s'effarent à l'idée des diverses initiatives qu'ils seraient obligés de prendre.

Et tous ferment leurs oreilles aux paroles de celui qui ne sait pas se faire écouter.

Cependant il faudrait bien se garder de voguer vers l'écueil du procédé contraire.

Pour éviter ces défections avant la lettre, certains propagateurs d'idées escamotent les difficultés, ou

tout au moins, les passent sous silence lors de l'exposé de leurs principes.

Ils croient plus adroit de ne les mentionner qu'au
fur et à mesure qu'elles se produisent et c'est seulement après leur apparition qu'ils consentent à les
avouer.

Cette méthode est particulièrement déplorable,
car non seulement elle use la patience — généralement assez médiocre — de ceux que l'on désire
convaincre, mais encore elle les met en défiance
contre celui dont les conseils devraient leur inspirer
une foi profonde.

Ils n'hésitent pas alors à formuler le dilemme sui·
vant :

Ou celui qui veut me convaincre connaissait les
difficultés qui surviennent et, dans ce cas, il m'a
trompé en me les dissimulant.

Ou il les ignorait et je dois me défier de celui
dont l'ignorance ou l'imprévoyance se trouvent si
indiscutablement mises en lumière.

Quel est, dira-t-on, le parti qu'il convient d'adopter?

Celui de la franchise, proportionnée à la résis·
tance morale du futur disciple : Ne pas taire les
embarras probables, tout en laissant entrevoir les
certitudes de victoire, et, en énumérant les efforts
futurs, faire luire la récompense qui attend les
hommes au cœur courageux.

Septième Leçon

L'Influence psychique.

Sans qu'il soit besoin de s'adonner aux sciences occultes, chacun sait que le cerveau humain émet des ondes dont la puissance, plus ou moins limitée s'étend sur ceux que la similitude de pensée, l'harmonie des goûts ou la sympathie, disposent à une certaine dépendance, vis-à-vis de celui qui sait leur inculquer ses sentiments.

On sait encore que ces courants produisent des phénomènes d'attraction ou de répulsion, qui, la plus grande partie du temps, s'exercent en dehors de toute volonté.

Il n'est personne qui n'ait entendu dire autour de soi :

« Je me sens attirée vers cet individu, malgré les raisons qui devraient m'en éloigner ».

Ou la phrase indiquant le sentiment contraire :

« Cette personne est charmante avec moi, elle me comble d'amabilités et malgré tout j'éprouve pour elle un éloignement que je ne m'explique pas ».

C'est le secret de ces deux impressions contraires, qu'on nomme la sympathie et l'antipathie.

Cependant si, au lieu d'émettre son opinion sans chercher à en découvrir le motif, on voulait bien prendre la peine de s'analyser, on verrait que l'attirance est produite par des qualités sérieuses, dont le reflet illumine la physionomie de celui qui est sympathique, en même temps qu'elles lui dictent des actes, dont la délicatesse se traduit par des paroles émouvantes et agréables pour l'auditeur.

On s'apercevrait aussi que, malgré son urbanité feinte, le personnage antipathique dérobe sous ses dehors empressés, une sécheresse de cœur et un égoïsme, qui, malgré tous ses efforts, ne peuvent rester longtemps célés.

L'empire que les individus exercent les uns sur les autres, par la vertu des influences psychiques est donc indéniable.

A de très rares exceptions près, il faut qu'un des deux interlocuteurs soit subordonné à la puissance de l'autre ; cette soumission n'est pas toujours apparente, mais il est rare qu'un des deux y échappe complètement et c'est ce qui fait la force de celui qui s'applique à convaincre.

La volonté ferme qui l'anime, lui permet de donner l'essor à ces forces multiples, qui, trop souvent, gisent désœuvrées dans l'âme des ignorants qui ne croient pas les posséder, ou dans celle des négligents qui évitent de faire le geste destiné à les éveiller.

Il en est encore d'autres chez lesquels elles existent à l'état intermittent. Une émotion forte les leur révèle et la passion leur donne l'essor. Mais l'agitation, une fois apaisée, celui qui les a senti vibrer en lui retombe dans son apathie habituelle et ses états d'âme différents concourent encore à organiser le désordre et à susciter la faiblesse mentale, le mettant à la merci de celui qui saura lui imposer sa domination.

Il est encore des âmes veules, pour lesquelles le

souci de vouloir où de choisir est une inquiétude qu'elles désirent s'épargner en adoptant la pensée d'autrui.

Tous ces êtres sont soumis au plus haut point aux influences psychiques que l'homme de volonté sait faire agir pour le mieux de sa propre cause.

Il est à remarquer que ce genre de séduction s'exerce d'autant plus sûrement qu'il est moins ostensible.

L'influence psychique, ainsi que nous l'avons dit au chapitre de la conviction mystique, peut se comparer aux senteurs balsamiques, s'exhalant dans les airs et qui, respirées par chacun sans qu'il en ait conscience, régénèrent les faibles et maintiennent la force de ceux que la maladie n'atteignit jamais.

L'influence psychique envahit les âmes en leur soufflant mystérieusement ses parfums et elle les pénètre si bien, qu'elles s'en trouvent saturées, sans avoir eu conscience d'en être pénétrées.

C'est même là une des conditions principales de l'enveloppement psychique.

Celui qui désire le dispenser doit savoir masquer son pouvoir par une grande délicatesse de pensée et une observation aiguë, car de même que tous les oiseaux ne se prennent pas au même appeau, les gens se sentent attirés diversement par des qualités qui ne sont pas également prisées par tous.

Il est des tempéraments sur lesquels la douceur n'a aucune prise.

D'autres, au contraire, ne savent pas résister à une parole qui semble inspirée par la sympathie et la compassion.

Il en est, au contraire, que la force seule subjugue. Ce sont en général, ceux qui, conscients de leur faiblesse, sont heureux de s'appuyer sur un être qui leur semble fait pour étayer leur débilité.

Ce n'est pas seulement parmi les plantes que l'on

observe ce besoin de protection qui fait que le plus robuste lierre ramperait a terre au lieu de s'élever, s'il ne trouvait l'appui d'un chêne, ou, parfois même, celui d'un arbuste infiniment plus fragile que lui.

Cependant, par la vertu de la conviction, il se produit un curieux phénomène, dont la comparaison pourrait être empruntée au genre de plantes dont nous parlons plus haut.

Comme chez elles, la recherche de la conviction chez les faibles peut être tantôt la manifestation d'une faiblesse et tantôt le soutien certain d'une conviction forte.

Elle peut en s'identifiant avec la puissance qui l'a déterminée, lui causer le même préjudice que les plantes parasites portent aux monuments qu'elles enlacent.

Sous le poids de leurs rameaux toujours plus robustes, les édifices les plus solides se lézardent, les chênes les plus fiers s'étiolent et, l'embrassement devient si étroit que le prétexte de l'élévation des parasites disparaît, derobe sous leur egoiste végétation.

Il en est de même de certaines convictions qui, pour triompher, ont besoin de l'appui d'une foi plus sincère et déjà établie.

Dès qu'elles l'ont rencontrée elles l'envahissent, la submergent, l'annihilent et ne laissent plus rien apercevoir d'un principe qui fut jadis leur raison d'être.

Il est vrai que, comme le lierre rajeunit et soutient certaines ruines, comme il recouvre de sa luxuriante retombée le squelette de l'arbre qui lui prêta son appui, les convictions engendrées par une antique croyance, en masquent parfois les decrepitudes et maintiennent debout un edifice qui, sans elles et sans le renouvellement des formules qu'elles ont instaurées, serait depuis longtemps devenu un temple de vétusté.

L'art de convaincre, à l'aide des influences psychiques, doit donc s'exercer avec prudence et sagacité, en tenant compte des aspirations et des forces de ceux que l'on veut convertir.

Il n'est pas rare que la pleine réussite soit obtenue par l'obéissance à la loi des contrastes.

C'est parce que ce faible sent une force venir vers lui qu'il se laissera convaincre.

C'est encore parce que cet énergique sent une débilité morale se pencher vers lui qu'il aimera à se laisser pénétrer par le charme que lui promet la réussite d'un apostolat.

D'un côté la sécurité mentale obtenue par l'assurance d'une protection ; de l'autre la reconnaissance, inconsciente parfois, envers la créature qui procure l'occasion de triompher.

Il en sera de même du violent qui aimera en l'être qui tremble devant lui, l'hommage tacite rendu à sa puissance.

Cependant, si cette violence reste dans les limites permises, elle sera appréciée par le pacifique, qui admirera en l'autre des qualités de force qu'il se sent incapable de développer.

Mais cette soumission ne sera obtenue d'une façon définitive que si les éclats évitent de se multiplier. L'influence psychique est surtout une œuvre de pénétration lente ; vouloir la faire dégénérer en bruyante conquête, serait une maladresse, dont on ne tarderait pas à se repentir.

Les effluves bienfaisants, dont nous parlions tout à l'heure, se développent mal dans le courroux des éléments.

C'est dans la chaude atmosphère d'un temps calme qu'ils acquièrent leur plus grande intensité.

Il en est de même des influences psychiques ; si,

comme les plantes aux arômes insaisissables, leur puissance s'augmente au moment d'un orage, elle disparaît pendant la tourmente et ne se reconstitue que lorsque les éléments se sont apaisés.

Personne n'ignore quel rôle joue, dans les influences psychiques, la domination du regard.

Il en est qui ont le pouvoir de désorienter ceux auxquels ils s'adressent, au point que ces derniers se sentent percés à jour et dépouillés de leur personnalité morale, sans pouvoir réagir ni se révolter.

On pourrait citer bien des exemples authentiques à ce sujet : en voici deux assez récents pour qu'en en lisant le récit, chacun les retrouve au fond de sa mémoire :

Une femme méchante et vindicative avait à se plaindre d'une jeune servante, contre laquelle elle avait conçu de la jalousie. Blessée dans son amour-propre d'épouse, cette femme, dont l'âme était particulièrement laide, ne trouva pas que le renvoi de la jeune fille fut une vengeance suffisante. Elle en rumina une plus terrible.

Elle s'introduisit dans la chambre de la servante et déposa une bague de prix dans la malle de celle-ci, puis elle feignit de chercher son anneau, dont, à grands cris, elle constata la disparition, en accusant formellement la servante de ce larcin.

Celle-ci protesta en vain, sa malle fut ouverte devant témoins et l'on y retrouva la bague.

L'affaire connut les péripéties ordinaires : arrestation, emprisonnement et comparution devant le juge d'instruction chargé de faire avouer le vol à la pauvre fille, qui se défendit énergiquement d'abord, puis plus faiblement ensuite, jusqu'au jour où, dans un flot de larmes elle avoua, en donnant sur l'accomplissement de cet acte des détails sans nombre.

Elle allait être jugée lorsqu'au cours d'une nouvelle perquisition, on découvrit, accroché à la serrure de la malle, dans laquelle on avait trouve la bague. un fragment de dentelle qui s'adaptait exactement à une déchirure du peignoir de sa patronne.

Il n'en fallut pas davantage pour donner une direction nouvelle à l'instruction et la maîtresse fut bientôt convaincue de sa vilaine action. Devant des preuves evidentes et des témoignages indiscutables, elle avoua à son tour.

Cependant, la servante questionnée sur son stupéfiant mensonge, convint qu'elle n'avait pas pu faire autrement que de s'accuser, car les yeux du juge la fixaient de telle façon qu'au moment ou il lui disait : « Vous avez pris la bague », il lui semblait, en effet, qu'elle avait dû commettre cette action.

Elle ajoutait que, de retour dans sa prison, elle se ressaisissait et se promettait formellement de se rétracter le lendemain, mais les yeux du juge en les fixant, lui ôtaient toute sa force de conviction et, tant qu'elle était sous l'influence de son regard, elle ne pouvait trouver en elle d'autre résolution que celle de répéter toutes les choses qu'il lui suggérait.

Plus récemment encore, on a vu un ouvrier, arrêté pour un meurtre, s'en déclarer coupable, alors que des témoignages irrécusables sont venus prouver qu'à l'heure où se commettait l'assassinat, il était éloigné du théâtre du crime à la distance de plusieurs heures.

Interrogé sur sa stupéfiante attitude, il ne put que donner des explications confuses, desquelles il résultait qu'au cours des interrogatoires, la conviction qu'il lisait dans les yeux du juge d'instruction s'imposait à ce point à son esprit, qu'il en venait à se croire coupable de l'attentat dont on l'accusait par erreur.

On ne peut nier la puissance des influences psychiques : Si leur rôle dans la persuasion n'est pas toujours aussi prépondérant, il n'en est pas moins très important, quoique moins sensible ; il est vrai que tout le monde ne possède pas au même degre la faculté de domination, mais il en est de cet avantage comme de tant d'autres, on le développe en le cultivant et on l'aide à naître si l'on s'en croit dépourvu.

La principale condition pour acquérir la puissance psychique, est la maîtrise de soi-même.

Celui qui ne sait pas se dominer, ne parviendra jamais à soumettre les autres à sa volonté.

Avant de songer à créer la conviction dans l'esprit d'autrui par la vertu de l'influence, il est essentiel de posséder cette force qui soumet les esprits, en épandant sur eux des effluves, propices a faire éclore la sympathie, afin de les disposer favorablement.

Nous allons, dans le prochain chapitre, nous efforcer d'analyser les moyens d'acquérir cette faculté en installant autour de soi une ambiance propre à susciter dans l'esprit des autres, les pensées que l'on désirerait leur voir emettre et qu'ils formuleront, sans se douter qu'elles leur ont été inspirées par l'attitude de celui qui a su prendre un pouvoir sur eux.

Huitième Leçon

L'Autorité.

On ne saurait assez le répéter : en matière de conviction, la sympathie est indispensable, au même titre que la confiance.

Celui qui ne sait pas éveiller ces deux sentiments ne parviendra jamais à rallier les gens à sa cause.

On a souvent prétendu que la nature était seule dispensatrice de ces qualités et qu'elles ne pouvaient guère revendiquer d'autres titres que celui de dons naturels.

C'est une erreur qu'il faut s'empresser de détruire, car elle apporterait un découragement certain dans l'âme de ceux qui ne se sentiraient pas comblés de ces faveurs.

Certaines personnes sont assurément plus aptes à les développer en elles, mais à nul être elles ne sont intégralement départies et celui qui se fierait à son naturel sympathique pour attirer la conviction, ne tarderait pas à échouer misérablement, s'il se contentait de se laisser aller à son instinct.

Pour acquérir l'autorité qui impose la conviction, en implantant dans le cœur des autres la confiance et la sympathie, bien des conditions sont requises

et bien des règles demandent à être rigoureusement
observées.

Tout premièrement, il est important de s'entendre
sur la nature et la portée du mot *autorité*.

C'est à tort que beaucoup de gens sont disposés à
le traduire par un désir exagéré de domination et
une recherche d'abus de pouvoir.

L'autorité, pour conserver toute sa puissance de
persuasion, doit être surtout occulte ; elle est le
résumé d'une foule de résolutions, mûrement raisonnées et fermement exécutées.

Pour conquérir sur ses semblables une autorité
réelle, il est nécessaire de ne les point froisser par
l'étalage d'une supériorité, propre à leur faire trop
bien sentir leurs imperfections.

Il est rare que l'on se rencontre avec des esprits
assez élevés pour convenir simplement de leur ignorance et des progrès qu'ils ont à réaliser pour
atteindre au degré enviable.

Les mouvements d'âme les plus volontiers engen-
drés par cette constatation sont le dépit et la haine :
le dépit de l'amour-propre froissé et la haine de
celui qui vient d'infliger cette humiliation.

Il serait donc profondément maladroit, de la part
de celui qui tient à convaincre, de provoquer ces
sentiments par l'arrogance de son attitude.

Son premier soin doit se borner, au contraire, à
éveiller la sympathie en n'affichant aucune perfec-
tion trop visible ; ses futurs adeptes n'auront point
ainsi à souffrir de leur infériorité et il lui sera d'autant plus facile de conquérir leur sympathie que les
aimables qualités dont il fera montre, lui ralliera
plus aisément les cœurs.

Celui qui tient à impressionner par l'autorité
émanant de sa personne et de son attitude devra
s'appliquer à remplir plusieurs conditions : il lui
faudra successivement cultiver

Le discernement ;
La décision ;
Le sentiment du juste et de l'injuste ;
La concession dans ses exposés ;
L'art de conclure.

Le discernement n'est pas seulement indispensable pour amener la conviction : il est encore nécessaire pour la maintenir dans les esprits qui l'ont accueillie.

Le discernement est l'étude de l'effet des choses ; il est encore celui de leur opportunité et de la réalité de leur apparence.

C'est aussi l'art de choisir entre plusieurs choses, celle qui peut être la plus profitable et la plus apte à servir le but que l'on s'est imposé.

Il arrive parfois que deux idées soient également dignes d'intérêt et que chacune d'elles présente des avantages qu'on ne rencontre pas dans l'autre.

Ce sera le rôle de celui qui cultive le discernement de peser le pour et le contre, en observant la relativité de l'idée, par rapport à ceux qui sont destinés à l'adopter.

Il est des raisonnements pleins de sagacité, qui, cependant, ne peuvent atteindre certains esprits, dont la culture est moindre ou les qualités compréhensives développées dans une autre direction.

Il s'agira donc de discerner en tenant compte de trois choses principales :
La mentalité de ceux auxquels on s'adresse ;
La pente de leur culture morale ;
Les avantages qui peuvent leur être perceptibles.

Il est indubitable qu'un raisonnement subtil, de nature à convaincre un penseur, glissera sur un homme dont l'éducation a été négligée ou sur un esprit occupé uniquement de matérialités.

En revanche, un argument dont la brutalité pourrait offusquer un esprit délicat sera apprécié par celui qui, novice encore dans l'art de penser, se laisse seulement guider par la realite des faits.

Enfin, l'orateur adroit s'appliquera a discerner les avantages que ses auditeurs peuvent retirer de la proposition qu'il désire leur voir adopter ou de la doctrine qu'il aimerait a leur imposer.

Si genéreuse que soit une idee, elle n'est goûtée que par une infime minorite si elle va a l'encontre des interêts de ceux qui sont appeles a la discuter; l'humanite est ainsi faite et celui qui voudrait la réformer y perdrait son temps.

Les saints eux-mêmes n'ont accepte l'idee d'abnegation et d'immolation, qu'a cause de la récompense céleste, dont la realite ne faisait pour eux aucun doute.

C'est la conviction d'un bonheur eternel, conséquence de leurs souffrances volontaires, qui leur a permis de les supporter avec l'admirable stoicisme rapporte par l'histoire.

Celui qui veut convaincre doit donc cultiver le discernement, qui lui donnera la faculté de connaître les aspirations et les espoirs de ceux auxquels il s'adresse, afin de discerner ce qui peut les toucher le plus directement.

Il s'exercera encore à la pratique des decisions rapides. Rien n'est plus nuisible à l'autorité que les hesitations, marquant les tâtonnements de la volonte.

Quelle confiance peut inspirer au voyageur le guide qui en est reduit a chercher lui-même sa route ?

Il suffit que ceux qu'il dirige le voient hesiter a chaque croisement de chemin pour qu'ils perdent le desir de marcher a sa suite et que, suivant leur caractere, ils cherchent a s'orienter eux-mêmes sans tenir compte de ses avis ou rebroussent chemin en abandonnant l'idee d'une excursion en sa compagnie

L'autorité ne s'exerce jamais completement sur

ceux qui ne peuvent se fier entièrement à celui qui les inspire.

C'est justement la conviction de l'impeccabilité de ses décisions, qui les incite à rechercher près de lui une protection morale, dont le point de départ est un sentiment reposant sur une connaissance plus ou moins avouée de la faiblesse morale, qui ne leur permet pas de trouver en eux le courage des résolutions.

La décision est synonyme de jugement, d'arrêt, de sentence. Elle est parfois encore génératrice de résolutions graves et demande une force d'âme assez complète pour s'exercer favorablement.

Elle est la conséquence du discernement et lui succède si immédiatement qu'elle paraît parfois se produire simultanément.

L'autorité s'accroîtra singulièrement de la pratique réfléchie des décisions nettement motivées et clairement formulées, dans un sentiment dont l'équité sera la base principale.

Cette dernière considération est d'une importance primordiale : la justice qui présidera aux décisions sera toujours un échange de procédés loyaux et non une opinion basée sur un désir d'intérêt personnel.

Dans aucun cas une sentence ne prendra l'allure d'une vengeance.

Jamais la véritable justice n'attentera à la liberté d'autrui.

Elle s'interdira tout.empiètement moral, afin que celui qui se voit forcé de rendre un arrêt puisse dire en toute sincérité :

— Il m'est permis de revendiquer mon droit, car, ayant respecté celui des autres, je suis autorisé à maintenir le mien.

L'autorité exige encore de certaines concessions dans les exposés.

Celui qui sait proposer une résolution et en

expliquer la nécessité en se servant du moins de
mots possible, aura bien plus de chance de frapper
l'esprit de ceux qui l'écoutent, qu'un autre, dont le
discours s'alourdira de détails inutiles et de parenthèses nombreuses.

Il existe des sujets qui demandent de minutieux
développements ; cependant il est toujours possible
d'être concis, même en faisant de longs discours, si
l'on prend soin d'en élaguer tous les détails oiseux.

Il est également habile de discerner s'il est nécessaire de résumer ou s'il est meilleur d'analyser.

L'orateur, celui dont l'autorité s'imposera le plus
facilement, sera celui qui, en se rappelant son discours, n'y trouvera aucun détail a retrancher, sans
nuire à son argumentation.

Celui qui ne pratique pas la concision ne saura
point susciter la conviction, car l'autorité de ses
paroles se trouvera affaiblie par la confusion et la
lassitude que son bavardage laissera planer autour
de lui.

Il ne faut pas non plus oublier que la conclusion
découle plus facilement d'un exposé concis que d'un
discours trop touffu.

Or, les bavards savent rarement conclure, et, quand
ils le font, c'est avec un tel luxe de raisons, que l'auditeur, indécis, se demande avec anxiété si la qualité
des unes ne vient pas altérer la solidité des autres.

La conclusion doit commenter impérieusement
les motifs exposés, elle devra être présentée alors
comme la conséquence inéluctable des idées précé-
demment émises.

En un mot, l'habile orateur saura l'offrir comme
la suite inévitable, qu'il est impossible de nier sans
mauvaise foi, et que, partant de la, il serait dangereux de ne point adopter, dans la mesure relative
aux circonstances particulières qui dirigent l'existence de chacun.

Cependant, si obligatoire que soit la fermeté et la netteté de la conclusion, elle ne doit jamais être arbitraire, car celui qui tient à conserver et à étendre son autorité, ne négligera pas, ainsi que nous l'avons dit plus haut, de faire la part des intérêts, des ambitions, des aspirations et des répugnances particulières.

L'autorité, pour s'imposer définitivement, ne doit froisser aucun de ces sentiments. La victoire sera déjà appréciable si la conviction parvient à les modifier, dans le sens propice au désir de celui qui s'applique à se rendre maître de ces âmes.

La soumission, surtout la soumission inconsciente, s'obtient d'autant plus facilement que l'on a moins de résistance à combattre.

Que dirait-on de celui qui, désireux d'entraîner des compagnons sur sa route, se plairait à entasser dès l'entrée les fagots d'épines et les obstacles de l'aspect le plus rébarbatif ?

Aurait-il le droit de s'étonner s'il voyait les futurs voyageurs rebrousser chemin et renoncer à une exploration qui leur permet si peu d'agréments ?

Si, au contraire, il a su, dès le début, leur faire apprécier le charme de la voie dans laquelle il les entraîne, il les trouvera pleins d'ardeur lorsqu'il s'agira de surmonter les difficultés qui ne manqueront pas de surgir, et, l'influence de son autorité aidant, ils s'y adonnera avec d'autant plus de courage, que la conviction du succès se sera installée au fond de tous les cœurs.

Une erreur assez répandue confond le qualificatif « autoritaire » avec la qualité de celui qui possède l'autorité.

Si proches que semblent être ces deux mots, ils expriment cependant un état absolument dissemblable.

Un personnage autoritaire est celui qui exerce sa

domination, juste ou non, par des procédés auxquels la douceur est généralement étrangère.

Tous les gens réputés « autoritaires » sont égoïstes
et peu enclins à l'urbanité.

Ils ne sont pas toujours dignes d'exercer l'autorité
dont ils disposent et ils l'emploient à tort et à travers,
désireux simplement d'asservir ceux que le sort a
placés dans leur dépendance.

Leur despotisme n'est, la plupart du temps, qu'une
marque de faiblesse vaniteuse, cherchant à se parer
des dehors de la force dominatrice.

Jamais celui qui dispose d'une autorité efficace ne
méritera le titre d'autoritaire.

Il sera, suivant les circonstances, un conseilleur
éclairé, un guide ferme, un pasteur d'hommes, mais
quelle que soit la mission qui lui sera échue, il la
remplira avec mesure, douceur et indulgence.

Ceux-là surtout qui ignorent le cœur humain se
montrent sévères et implacables.

Les porteurs de conviction, dont l'autorité se
fleurit de douceur et de compréhensive bonté, verront
seuls leur doctrine s'épandre comme une moisson
magnifique, dont les fruits engendreront de nombreux germes bienfaisants.

Neuvième Leçon

Un léger bluff s'impose parfois.

Le talent seul ne suffit pas à provoquer la conviction.

La vérité pour faire son chemin, a souvent besoin de s'aider d'une amplification qui ne la dénature pas, mais la pare de couleurs plus éclatantes que celles qui lui sont propres.

Le bluff se trouve souvent encouragé par l'indifférence des gens, qui, tout prêts à s'enthousiasmer pour une idée brillante, accueilleront avec indifférence l'exposé d'une affaire, présentée sans artifice.

Il y a plusieurs sortes de bluffs, pouvant aider à la formation de la conviction. Cependant leur caractère ne doit jamais s'éloigner trop ouvertement de la vérité, car ils perdent alors leurs chances de réussite.

Il arrive parfois qu'un de ces bluffs produise l'effet souhaité, mais si l'on veut bien l'examiner de près, on verra qu'il reposait sur une base solide, c'est-à-dire qu'il appartenait à la catégorie de ceux que nous allons nommer ici.

On compte au nombre des bluffs permis :

La vérité prématurée ;

La vérité conditionnelle ;

La vérité revêtue du manteau de l'espoir ;

Le rêve domestiqué et canalisé vers le vrai ;

Le bluff de l'attitude.

On remarquera que dans cette nomenclature, la vérité trouve toujours sa place. Elle existe, en effet. Elle gît dans toutes les conceptions de ce genre de bluff et on ne le commet que pour obtenir le moyen de la mettre au jour.

Le bluff désigné sous le nom de « *vérité prématurée* », consiste dans l'affirmation d'une vérité dont on connaît l'existence, bien qu'elle ne se soit encore dévoilée qu'à certains initiés.

C'est la connaissance de cette existence qui fait dire à ceux qui veulent convaincre . « Cela est » alors qu'en réalité, cela *n'est pas encore*, mais doit *indubitablement* arriver.

Ce bluff est assez répandu dans les affaires (nous ne parlons, bien entendu, que de celles qui se concluent sous les auspices de la loyauté.)

On a vu des inventeurs célébrer les mérites d'une machine qui ne marchait pas encore, mais qui, grâce aux capitaux versés par les convaincus, ne pouvait manquer de donner les résultats prédits.

Tous les jours des hommes politiques se livrent au bluff consistant à parler d'une popularité qu'ils ne possèdent pas encore, mais que des indices certains leur annoncent toute prochaine.

Ils bluffent aussi en annonçant une faveur qu'ils n'ont pas obtenue, mais qu'ils sont assurés de se voir décerner, dans un temps plus ou moins proche.

Toutes ces affirmations se nomment bluffs au moment où on les profère et, en cas de non-réussite, c'est encore celui dont on les stigmatisera, mais si le succès annoncé se produit, le bluff n'est plus qu'une vérité prématurée, dont la déclaration fera le plus grand honneur à celui qui l'a émise.

Celui-là n'aura plus désormais que peu de chose à faire pour créer la conviction dans l'âme de ceux qui, les premiers, ont cru en lui. Il lui suffira d'affirmer, pour que ses adeptes entrent immédiatement dans la voie de la conviction.

Le bluff reposant sur la *vérité conditionnelle* dépend surtout du talent de persuasion de son auteur, car il s'agit, la plupart du temps, d'amener les gens à prêter un concours, sans lequel le bluff ne pourra jamais changer de nom.

C'est donc par la conviction seulement que l'on parviendra a rencontrer l'aide qui permettra au bluff de devenir une réalité.

Il arrive encore que le bluff dépende de causes entièrement étrangères a la volonté.

Par exemple, un propriétaire terrien commettra un bluff conditionnel en affirmant que ses revenus atteignent au chiffre qu'il énonce.

Cela ne deviendra une vérité que si la grêle, la sécheresse, ou tant d'autres calamités, ne viennent point détruire la source de ces revenus.

En affirmant qu'il dispose annuellement de la somme qu'il indique, il commettra donc un bluff, puisqu'il néglige de mentionner les circonstances qui peuvent lui donner un formel démenti.

Le bluff de l'espoir est peut-être le moins adroit de tous, car l'illusion déforme souvent le jugement de celui qui s'y livre.

Si l'espérance sur laquelle il bâtit ses calculs n'est absolument légitime, celui qui emploie ce moyen court grand risque de passer pour un simple fanfaron, à moins qu'on ne le qualifie plus durement encore, quand l'événement ne vient point lui donner raison.

On dira peut-être que le bluff de l'espoir n'est

autre la plupart du temps que celui que nous avons désigné sous le nom de « vérité prématurée ».

Il y aurait lieu, cependant, d'établir entre ces deux façons de procéder une appréciable différence.

Le bluff de l'espoir appartient à cette dernière catégorie lorsque les données sur lesquelles il repose sont assez sérieuses pour lui permettre de se soutenir ; en un mot, l'espoir doit se baser sur des faits contenant des promesses sérieuses, dont l'exécution ne dépend pas du hasard pur.

En affirmant l'existence d'une chose que toutes les probabilités concourent à faire naître, le bluffeur ne profère donc pas un mensonge ; il avance un peu l'heure de la vérité, voila tout.

Ajoutons que, très souvent il en précipite la survenue, car son bluff amène dans les esprits une conviction qui lui assure autant de collaborateurs que de nouveaux adeptes.

Le bluff du rêve converti en possibilité fut celui de maints inventeurs, dont la hardiesse de conception eût été taxée de chimère, s'ils n'avaient pris soin de s'assurer des disciples, en créant la foi autour d'eux, par la fermeté de leurs assertions.

L'idée, ainsi défendue, trouvait des partisans qui lui accordaient l'appui de leur influence et mettaient à la disposition de celui qui l'avait présentée assez habilement pour les convaincre les moyens indispensables de réussite.

Il est cependant utile de faire observer que, sous peine d'être le dernier, un bluff semblable doit être couronné par le succès.

C'est pourquoi nous avons conseillé de domestiquer le rêve et de le canaliser vers l'usage pratique, destiné à le transformer en belle et bonne réalité.

Quant au bluff concernant l'attitude, il est nécessaire dans la plupart des cas. Peu de gens sont disposés à ajouter foi à l'exposé véridique d'un fait.

Nombreux en revanche sont ceux dont la nature superficielle n'admet guère que les apparences.

Il en est d'autres qui, par principe, mettent en doute la véracité de ce qu'on leur affirme et recherchent toujours le défaut qu'on leur dissimule.

Enfin, la plupart des gens ne croient pas à la sincérité d'un aveu et disent :

— S'il convient de cela, c'est qu'il s'y croit obligé afin de nous mettre en confiance et de nous dissimuler le pire.

Il serait donc profondément maladroit de confesser une déception, lorsque cette confidence ne présente aucune utilité, car la plupart des gens qu'on aurait jugé à propos de mettre dans le secret ne manqueraient pas de s'écrier :

— Du moment ou il avoue cela, c'est que la situation est infiniment plus grave.

Le premier soin de celui qui veut amener la conviction doit être d'éviter tout ce qui peut créer un sentiment de défiance.

On sourira peut-être de cette affirmation, qui, a première vue, semble être empruntée au répertoire de M. de La Palisse ; il n'en est pas moins certain que celui qui veut convaincre doit toujours (autant que cela lui est possible) éviter de parler d'insuccès.

Beaucoup de gens arrivés pensent attirer l'admiration de la foule en contant leurs échecs, leurs chagrins, leurs ennuis de jadis ; ils s'imaginent ainsi mettre mieux en lumière la situation brillante qu'ils ont conquise. Cette façon d'agir n'est pas toujours un moyen certain de convaincre, car parmi ceux qui les écoutent, il s'en trouve toujours un certain nombre pour commenter leurs récits et se dire qu'en fin de compte cette habileté dont on veut leur imposer la conviction, a été maintes fois contredite par les événements et qu'il n'y a pas de raison sérieuse pour que, de nouveau, ils ne se montrent point défavorables.

Il est donc infiniment préférable de passer les échecs sous silence pour ne parler que des victoires.

Au lieu d'avouer les défaites passées, celui qui veut convaincre évitera de rappeler ses insuccès pour ne mentionner que ses réalisations heureuses.

C'est un bluff, dira-t-on. Oui, peut-être, mais ce n'est pas un mensonge, car le silence ne peut être pris pour une vérité altérée.

Il en est du bluff comme de maints moyens de fortune qui ne deviennent blâmables que lorsque l'idée de tromperie s'y rattache.

Celui qui se priverait du nécessaire, qui, à huis clos, s'imposerait la plus dure abstinence pour conserver un extérieur convenable, ne commettrait un acte répréhensible que s'il liait à cet acte l'idée d'abuser de la bonne foi des autres en leur extorquant de l'argent qu'il se sait en mesure de ne pas leur rendre.

Mais si un homme convaincu de sa supériorité, très résolu à n'employer que des moyens honorables pour parvenir, use de tous les subterfuges connus pour dérober sa misère, en conservant un extérieur d'une grande correction, on ne pourra que l'approuver car, en agissant ainsi, il déploiera une volonté constante, dont les effets ne peuvent être que salutaires, aussi bien pour ses propres intérêts que pour ceux des personnes dont il recherchera la collaboration.

L'art de convaincre ne réside pas seulement dans la parole : il est contenu dans l'attitude aussi bien que dans les discours.

N'a-t-on pas vu des souverains, en proie à toutes les affres de la maladie, se redresser et porter beau en paradant devant la foule, qui leur faisait fête ?

C'était pourtant un bluff, mais un bluff grandiose,

dont le but était d'éviter de troubler l'équilibre mondial, en ouvrant la porte aux conjectures, à propos d'une succession possible.

Pour une raison analogue, on voit encore beaucoup de gens afficher une sérénité, qui, trop souvent, est loin de leur cœur.

Mais celui qui tient à convaincre doit donner l'impression de la prospérité et de la quiétude. Comment peut-on songer à rallier les esprits à sa doctrine si on la présente avec les caractères de l'impuissance ?

Le bluff fait donc partie du programme de celui qui tient à convaincre les autres.

Pourtant on ne doit pas s'y tromper : ne parlons ici que du bluff, dont la loyauté n'est pas exclue, celui qui n'est effectué qu'en vue de conserver ou d'accroître un prestige nécessaire, et non du mensonge, destiné à propager un abus de confiance, que les lois de la conscience interdisent et que la justice humaine punit lorsqu'elle la découvre.

Un penseur a dit que tous les espoirs pouvaient être qualifiés de bluffs.

Ceci ne peut guère s'appliquer qu'aux hommes d'action.

Les autres exposent des théories moins positives, plus sujettes aux controverses et, partant de là, moins faciles à démentir.

Les actifs, ceux qui se plaisent à transformer leurs idées en actes sont tous dans le cas des bluffeurs de bonne foi dont nous parlons dans ce chapitre.

Il est, en effet, impossible de prévoir toutes les combinaisons du sort qui peuvent survenir pour convertir la vérité probable en mensonge certain.

C'est pourquoi celui qui veut porter la conviction au cœur des autres, doit toujours admettre des possibilités défavorables, qu'il serait maladroit de signaler.

Les âmes vacillantes qu'il doit chercher à conquérir sont, en général, mal préparées pour la lutte.

Elles aspirent au contraire à une sécurité morale dans laquelle leur veulerie se complaît.

•Leur faire prévoir des gestes de défense ou des actes d'initiative serait les inviter à l'expectative.

Avant tout, celui qui veut rallier des partisans à sa cause doit redouter de voir mettre en pratique la théorie des bras croisés.

La stagnation est l'ennemi du progrès, c'est l'adversaire la plus redoutable pour le propagandiste; c'est, non pas le grain, mais l'amas de sable qui vient entraver les élans les plus généreux.

Le bluff de l'espoir, c'est-à-dire celui qui néglige de mentionner les possibilités mauvaises, alors que celles-ci ne sont que des menaces éventuelles, ne peut donc être considéré comme une faute contre la loyauté, car ses motifs ne sont pas blâmables et celui qui le commet n'est le plus souvent mû que par un désir passionné de progrès et de mieux.

Dixième Leçon

L'Exemple.

On a souvent blâme l'attitude du censeur disant :
« Faites ce que je vous prescris, sans vous preoccuper
de ce que je fais. »

La premiere recommandation devait être assez
inutile, car les exhortations n'ont guere de vertu
lorsque les actes ne viennent pas les confirmer.

La confiance aveugle n'éclôt pas dans l'âme de ceux
qui sont à même de constater combien la conduite
du predicateur dement sa harangue, et, malgre toute
la bonne volonte dont les auditeurs ont pu faire pro-
vision, ils ne peuvent, dans ce cas, empêcher le
dilemme suivant, de se former dans leur esprit :

« Ou ce que cet homme nous propose n'est pas
la vérite, puisqu'il se garde bien d'agir comme il
nous invite a le faire.

« Ou ses actes seuls sont reprehensibles Mais
comment nous en assurer? Quelle foi ajouter aux
paroles de celui qui temoigne d'une pareille duplicité ? »

La conclusion s'impose alors et elle se traduit

forcément par la méfiance, car elle se trouve toujours énoncée ainsi :

« Étant donné que le désaccord des discours et de la conduite implique la certitude d'un mensonge, nous ne voulons pas suivre les avis de celui qui cultive la fausseté. Il se trompe ou il nous trompe. Dans un cas comme dans l'autre nous ne pouvons l'écouter et nous devons éviter de suivre ses avis. »

En effet, que penserait-on d'une personne qui nous convierait à suivre, pour arriver à un endroit vers lequel elle veut vous conduire, une route opposée à celle qu'elle prend elle-même ?

Celui qui veut convaincre et ne sait pas prêcher d'exemple est donc en mauvaise posture pour obtenir l'approbation sur laquelle il compte.

Cependant, comme toutes les règles, celle-ci comporte des exceptions :

Il est possible que des circonstances spéciales obligent un chef de groupe à vivre d'une façon opposée aux principes qu'il expose.

Hâtons-nous de dire que, s'il est sincère, cette conduite ne sera que superficielle

On a vu des fervents de la simplicité, forcés, pour obéir à certaines lois sociales, de vivre au milieu d'un luxe qu'ils ne recherchaient pas.

On rencontre fréquemment des amants de la vie champêtre, dont ils vantent les charmes utilitaires, mener au sein des cités une existence, en apparence bruyante et futile.

Faut-il toujours les taxer de duplicité ?

Doit-on pour cela mépriser leurs exhortations ?

Non, ces gens ne sont pas toujours des menteurs et leurs conseils ne perdent rien de leur valeur, par le fait de l'opposition qui existe entre la vie qu'ils prêchent et celle qui est la leur.

Il se peut que des considérations d'ordre privé ou des exigences sociales les contraignent à entrer en contradiction avec leurs principes et on ne saurait les critiquer sévèrement avant de connaître les motifs de leur apparent mensonge.

Mais s'ils veulent que leur doctrine ait le retentissement qu'ils désirent, il sera bon qu'ils aillent eux-mêmes au-devant des commentaires.

Une explication denuée d'artifice s'imposera.

Ils devront, en même temps qu'ils exposent leurs préceptes, parler des circonstances qui les obligent à adopter cette conduite contradictoire.

Au besoin, ils n'hésiteront pas à montrer l'envers de leur vie, ils en dépeindront les servitudes, les exigences et les desillusions.

En un mot, ils trouveront dans l'exposé de ce contraste, un exemple qui, s'ils sont adroits, peut être aussi convaincant que l'autre.

Mais, on ne saurait assez le répéter, une explication loyale est indispensable pour éloigner l'idée d'hypocrisie.

Il est essentiel que soit donnée la preuve de la nécessité de cette dérogation aux principes.

Sinon c'est sans succès qu'on cherchera à amener chez les autres une conviction que l'on semble repousser.

C'est en vain qu'un prodigue avéré cherchera à faire admettre les préceptes de la simplicité et de l'économie ; ce sera sans résultat appréciable qu'un paresseux conseillera l'activité ; un homme dont la vie dissipée est connue aura beau parler de morale ; ni les uns ni les autres ne convaincront personne.

Il faut encore ajouter qu'il est d'autant plus difficile de faire éclore la conviction que l'on possede plus superficiellement le sujet que l'on veut développer avec succès.

Or, la pratique seule peut amener la parfaite connaissance des lois que l'on désire faire observer aux autres.

Il en est quelques-unes que l'on peut regarder comme la traduction de ces vérités de consentement universel, qui vivent dans tous les cœurs à l'état de germe et qui, par l'exemple provoquant la parfaite observance, deviennent des vérités d'élection pour tous.

Il en est d'autres qui sont des vérités, relevant des usages, des convenances et des conventions ; celles-là sont parfois discutables, souvent discutées, et maintes fois méconnues, si elles ne sont appuyées par l'exemple.

De ce nombre on peut citer les différentes morales, qui, suivant l'expression de Pascal, sont vérités en deçà et mensonges au delà des Pyrénées.

La morale usuelle, celle qui est le résultat d'un accord entre les gens d'un même pays et d'une même catégorie d'individus, peut être battue en brèche et acclamée ou repoussée, suivant les gens auxquels il est question d'en inculquer les principes.

Elle diffère en cela de la morale supérieure qui n'admet pas de discussion.

On n'aura pas besoin de convaincre des gens, à quelque nation et à quelque race qu'ils appartiennent, de la laideur du vol et de l'infamie de l'assassinat.

Mais on arrivera plus difficilement à expliquer à un musulman pourquoi la loi européenne assimile la bigamie à un crime, alors que les préceptes du Koran lui enseignent qu'il peut prétendre à quatre épouses légitimes à la fois.

La haine du vol et de l'assassinat constitue la *morale supérieure*, celle que la nature, conservatrice de la race, a mise au cœur de tous les hommes.

L'interdiction de la bigamie repose sur une *morale de convention*, basée dès l'origine sur un principe d'économie sociale, qui rendait la pluralité des epouses dangereuses pour la prosperité des peuples occidentaux.

Il en est de même des lois sur le mariage entre consanguins. Dans les premiers âges, les souverains d'Egypte épousaient leurs sœurs en grand apparat et l'histoire de l'antiquité nous fournit de nombreuses preuves de cette coutume. Cependant, l'experience ayant prouvé que les unions consanguines affaiblissaient et abâtardissaient la race, l'usage en devint moins frequent, puis il fut réprouve, tacitement d'abord et officiellement ensuite.

Mais entre la morale superieure et la morale de convention, il existe de nombreux degres, qu'un bon exemple aide a gravir sans peine, dans la joie du devoir accompli, sous l'instigation de celui qui sait convaincre par ses paroles et par ses actes.

Il est même souhaitable, pour l'éclosion de la conviction, que les discours ne soient que le commentaire de la conduite, car l'exemple est un des meilleurs moyens de conviction qu'il soit possible d'employer.

C'est l'exemple, qui dans bien des cas, fait eclore une décision, que tous les discours precedents n'avaient pu determiner a apparaitre.

C'est l'exemple qui, en substitu ' a la période de réflexion celle de l'activite, fait tomber les scrupules se rapportant aux difficultes d'exécution.

C'est l'exemple, enfin, qui fournit l'aide que tant de personnes recherchent, sans oser en convenir.

Maudsley pretend qu'il existe des gens dont l'habitude est de peser si minutieusement leurs raisons, qu'ils en arrivent a souhaiter vivement de se voir obliges de prendre une resolution a laquelle ils auraient le droit de se considerer contraints.

Leur hesitation est si pénible que le fait d'avoir fait un choix leur devient un soulagement physique.

Ceux-la surtout subissent l'entrainement de l'exem-

ple, qui leur devient une excuse vis-à-vis d'eux-
mêmes.

Les moutons de Panurge ont existé de tous temps
et ils sont légion ceux qui ne se decident a ebaucher
une realisation, qu'apres l'avoir vu effectuer devant
eux; il y a a ceci plusieurs raisons, qu'i toutes,
decoulent de la faiblesse de volonte et de la crainte
des responsabilites.

Il est des gens timores qui prefereront accomplir
la sottise que tout une foule vient de commettre,
que de se singulariser en realisant un acte meri-
toire, allant a l'encontre du mouvement général
L'explication de cette aberration d'esprit, gît dans
un sentiment d'hesitation, qui decroit par la constatation de l'attitude des autres.

Ils se disent :

— Il est impossible que tant de gens se trompent
a la fois, et, entraines par l'exemple, ils se laissent
aller a produire des actes dont l'issue leur semble
douteuse et la moralite discutable.

Mais, pour les hesitants, leur conscience propre est
un guide dont ils se defient invinciblement et le
sentiment des responsab¹   encourues leur est
une telle torture, qu'ils pen nt l'attenuer en imitant
l'exemple de ceux qui les precedent, avec l'arrière-
pensée de s'absoudre en cas de non-reussite, en
rejetant sur autrui la faute commise a son instigation.

Pauvre consolation, n'est-ce pas, et triste pretexte
pour se disculper vis-à-vis de sa conscience !

L'art de convaincre peut donc s'exercer avec suc
cès sur les esprits debiles, si l'on sait joindre
l'exemple aux discours persuasifs.

On ne doit pas oublier que l'intolerance est le
fait de tous les timores, qui n'admettent pas une
contradiction dans l'expose des doctrines qu'ils
acceptent a leur corps defendant.

L'habileté suprême consiste parfois même a entrer dans leurs vues et à sembler discuter avant de se résoudre, car ils croient difficilement que l'on puisse rapidement peser le pour et le contre de ses actions.

Celui qui n'admettrait pas de controverse et viendrait à eux avec une opinion hautement et nettement exprimée, aurait infiniment moins de chances de les convaincre que s'il paraît tergiverser, et, finalement, se rendre à l'évidence.

Il serait oiseux de décrire tous les miracles opérés par l'exemple.

On peut voir tous les jours un livre ou une pièce de théâtre semer dans l'âme de ceux qui en ont eu connaissance une éclosion de sentiments analogues à ceux qui y sont représentés.

Le spectacle reproduisant les faits d'un glorieux capitaine, fera surgir dans l'esprit des assistants des élans de bravoure. La représentation ou la divulgation d'un acte de dévouement suscitera de généreux désirs ; en revanche, la divulgation des crimes amène toujours une éclosion de crimes semblables.

Pour celui qui tient à convaincre, le fait de mettre ses actes en harmonie avec ses paroles, doit être regardé comme une condition d'importance capitale.

Un philosophe oriental qui vécut au dix-septième siècle, Kabaïra, donnait ce conseil mémorable à un seigneur qui avait entrepris de moraliser les hommes de sa contrée :

— Pourquoi, disait-il, faites-vous une consommation si grande d'encens et pourquoi dépensez-vous tant d'argent pour entretenir des prêtres et une multitude de lampes dans le sanctuaire consacré à Bouddha, alors que vous menez une vie dissolue sans vous soucier de l'influence de l'exemple ?

« Il vaudrait mieux renvoyer tous les prêtres, éteindre toutes les lampes et donner cet argent aux

pauvres, en leur enseignant par votre exemple la
vraie charité et non cette vertu ostentatoire que votre
conduite semble renier ».

Ces sages paroles pourraient s'appliquer à ceux
dont nous parlions au commencement de ce chapitre
et qui disent :

— Écoutez mes conseils en vous abstenant de
commenter mes actes.

Hélas! Les paroles s'envolent, mais les actions
demeurent et quand elles apportent un démenti évident aux avis que l'on désire voir suivre, il est inutile de songer à créer la conviction autour de soi.

L'art de développer la foi dans le cœur des
hommes peut être considéré comme un sacerdoce,
et, quelque soit le but que l'on se propose, qu'il
s'agisse d'intérêts matériels, d'aspirations généreuses ou de désir de conversion, c'est toujours
sous forme d'une recherche de collaboration qu'il
faudra l'envisager.

Or, pour être fructueuse, toute collaboration exige
une unité de sentiments, dont la conséquence ne
peut être l'accomplissement d'actes différents de la
part des alliés.

La conduite qui n'est pas la conséquence logique
des professions de foi, ne peut être qu'un obstacle
à la conviction parfaite et un prétexte pour entr'ouvrir la porte au doute, qui bientôt s'installe, entraî-
nant l'incrédulité à sa suite.

Les peuples nouveaux, moins facilement séduits
par l'idéalisme que par la puissance des actes, prêchent surtout la propagande par l'exemple et voici
ce que dit a ce sujet le docteur J.-B Withson :

« Me trouvant un jour sur une place publique, à
l'heure où la foule est la plus dense, je remarquai
un attroupement.

« M'étant approché, je vis un jeune enfant qui
pleurait abondamment.

« Des rires ironiques ou des phrases de même compassion circulaient parmi la foule, car, en vérité, l'incident était mince.

« L'enfant, chargé d'un panier contenant des bouteilles de lait avait fait un faux pas et, à ses pieds, les débris de verre brisé nageaient dans une mare blanche.

« Cependant le désespoir du petit allait croissant et, comme il semblait disproportionné à la cause, je crus devoir l'interroger :

« A travers ses sanglots il me conta que le patron, très rude, au service duquel il était, l'avait averti que toute maladresse de ce genre serait compensée par la retenue de la somme correspondant à la marchandise perdue.

« Or, l'enfant était l'aîné de plusieurs autres bambins, encore à la charge de la mère, veuve depuis peu, et cet incident, en réalité minime, prenait pour lui les proportions d'une catastrophe.

« La véracité de son récit m'ayant été confirmée par quelques assistants, habitants du quartier, je proposai de réunir séance tenante la petite somme représentant les dégâts.

« Le silence accueillit ma proposition : tout le monde s'entre regardait d'un air gêné et personne n'esquissait le geste secourable.

« Mes théories sur l'exemple me revinrent alors en mémoire et, enlevant mon chapeau, j'y jetai un dollar. Comme par enchantement, toutes les mains connurent alors le chemin des poches et bientôt une somme supérieure à celle des dégâts s'accumula dans mon couvre-chef.

« Ajouterai-je que, désirant voir user judicieusement de ce surplus, je m'intéressai à la famille de l'enfant et que, grâce aux concours que je pus rassembler, elle fut tirée d'une misère injuste?

« Tout ceci serait dénué d'intérêt si la force

de l'exemple ne s'était ainsi trouvée demontrée. »

Et le profond psychologue qu'est J.-B. Withson ajoute :

« Il est toujours prudent de compter avec la petite lâcheté morale, qui interdit l'initiative et soumet les âmes veules à la tyrannie des scrupules.

« Pour les défaillants de la volonté, le fait de calquer le geste d'autrui est une sorte de garantie contre leurs regrets éventuels.

« Leur responsabilité leur semble moindre, s'ils peuvent la mettre à l'abri de l'imitation.

« En cas d'insuccès, ils se réfugient volontiers derrière un argument, qu'ils présentent comme circonstance atténuante : « Que voulez-vous, disent-ils, nous avons eu certainement tort d'agir ainsi, mais nous avons la consolation de penser qu'un grand nombre de gens sont dans le même cas que nous. »

« Cette excuse préventive pèse toujours d'un grand poids dans les résolutions des faibles et celui qui veut amener dans le cœur des autres la conviction qu'il lui semble désirable d'y voir regner, doit compter avec tous les sentiments qu'il fera vibrer, quand même il s'en trouverait dans le nombre dont la qualité serait médiocre. »

La conclusion de ceci pourrait se trouver dans l'énoncé d'un proverbe bien connu .

Qui veut la fin veut les moyens. Pourtant il ne faut jamais perdre de vue que cette fin doit toujours être louable et les moyens conçus de façon a provoquer une réaction heureuse.

Onzième Leçon

Guerre aux ennuyeux.

Un aspirant conférencier disait un jour à un orateur, passé maître dans ce genre de discours :

— Comment se fait-il que M. X... dont la valeur est incontestablement moindre que celle de M. Y..., voit la foule se presser autour de lui quand il prend la parole, alors que ce dernier, infiniment plus érudit, plus documenté, mieux apprécié intellectuellement, doit se résigner à parler dans une salle aux trois quarts vide, devant un auditoire assoupi ?

— La raison de cette anomalie est bien simple, répondit le maître; M. Y... est un homme d'un mérite remarquable, il est en outre un savant avéré, il s'exprime dans une langue châtiée, mais toutes ses qualités disparaissent dans l'ombre d'un défaut capital : *Il est ennuyeux*. M. X... au contraire, s'il manque de la science solide, de l'acquisition profonde, de la correction du langage qu'on doit admirer chez le premier, remplace tout cela par une faculté inappréciable : *il sait intéresser et amuser au besoin*. Il accapare l'attention, se rend compte de son affaiblissement, la réveille par un mot ou une anecdote,

maintient l'esprit en état d'activité : en un mot :
il n'est jamais ennuyeur.

C'est là le secret de son succès qui, mis en comparaison avec l'indifférence accueillant le savant
dont nous venons de parler, pourrait sembler invrai-
semblable à ceux qui ne tiendraient pas compte des
exigences du public.

Il est, en effet, des gens qui distillent un ennui
profond ; leur personne est morne, leur conversation sans relief, leurs aperçus sans originalité ; ils
ne savent point délaisser un sujet avant de l'avoir
épuisé et ni les marques d'inattention ni les signes
d'ennui de leurs interlocuteurs ne paraissent les
toucher.

Ils éveillent la comparaison avec ces ruisseaux,
emplis d'une eau sans limpidité, qui coulent, inter-
minablement monotones, avec le même bruit insi-
gnifiant et sourd.

Celui qui tient à convaincre son auditoire, doit,
avant tout, chercher à maintenir et à renouveler
l'intérêt qu'il a suscité. S'il est suffisamment avisé,
il s'apercevra tout aussitôt de la survenue de l'inattention et il s'efforcera de la mettre en fuite en ponc-
tuant sa harangue d'une anecdote inattendue ou en
changeant le ton de son discours.

Sa grande préoccupation sera de se faire écouter
s'il parle, de se faire lire s'il écrit

Dans ce dernier cas, le contrôle est moins facile,
car les impressions du lecteur échappent à l'écri-
vain, qui ne peut, comme l'orateur, déchiffrer sur la
physionomie de ceux qu'il a entrepris de convaincre,
le reflet des sentiments qu'il fait naître en eux.

Il est donc indispensable, pour l'un comme pour
l'autre de se rendre un compte exact du genre de
mentalité de ceux auxquels ils s'adressent

Ceci dépendra d'abord de la nature du sujet qu'ils
exposent et il est clair que s'il s'agit d'un grave pro-

blème, intéressant seulement les initiés, ils ne sauraient les ennuyer en les entretenant de ce qui fait leur préoccupation habituelle.

Cependant un orateur peut les captiver à des degrés différents en donnant à ses explications un tour plus ou moins original, tout en restant dans la note purement scientifique : cela dépend parfois d'un silence plus prolongé, d'un changement de ton, d'une réflexion primesautière ou d'un aperçu tout personnel.

Il est certaines réflexions qui permettent à la discussion de rebondir et de s'élever et ceci, au moment où elle menaçait de se traîner languissante et morne, sans profit pour les interlocuteurs, qui commençaient à la trouver oiseuse.

Un moyen de ne jamais être ennuyeux est encore de ne s'adresser, s'il s'agit de questions techniques, qu'à ceux-là seulement qui sont en état de les comprendre. Ne parler à tous que de ce qui peut toucher leurs intérêts moraux ou matériels est le secret de ceux qui savent se faire écouter.

On dira peut-être que ce qui est possible à un orateur qui peut choisir son public ou ses interlocuteurs, n'est pas donné à l'auteur qui ne peut savoir en quelles mains ses livres tomberont.

Ils n'en seront pas moins très appréciés, s'il sait de temps en temps oublier qu'il s'adresse exclusivement à des initiés afin de présenter son sujet sous des couleurs moins rébarbatives.

La monotonie est la grande génératrice de l'ennui et l'obstacle certain au développement du progrès.

Que ce soit par le moyen de la parole ou par celui du livre, celui qui tient à exceller dans l'art de convaincre se préservera de ce défaut, propre à enrayer tous ses efforts.

Il s'appliquera donc à cultiver :

La variété ;

La concision ;

Le groupement des idées ;

La diversion opportune.

Même s'il s'agit d'aborder un sujet unique, il est possible d'apporter de la variété dans les façons de la présenter.

Au besoin, si le développement semble devoir être forcement long afin d'être suffisant, on le coupera du rappel d'une anecdote qui s'y rattache ou d'une appréciation personnelle, propre a jeter une note éclatante dans le parterre trop gris de l'explication.

Pourtant l'anecdote devra être très courte et l'appréciation esquissée simplement.

Les gens ennuyeux seulement abusent des parenthèses, dont le moindre inconvenient est de fatiguer l'auditeur, qui, pour ne pas perdre le fil du discours devra faire un effort constant d'attention et de mémoire.

Or, le propre de ceux qui savent susciter l'intérêt est de provoquer l'attention chez leurs auditeurs, sans que ces derniers y rencontrent autre chose que le plaisir.

Il est, du reste, impossible de ramener souvent son esprit vers un sujet ennuyeux ; aussi, après quelques tentatives, laisse-t-on l'imagination entrer en scène, tandis que l'on s'evade a sa suite, sans en avoir conscience, dans la direction où elle conduit capricieusement.

Les gens ennuyeux ignorent la concision. Leurs discours ou leurs ecrits ressemblent a des forêts vierges, au travers desquelles on est oblige de se frayer un passage, en cheminant péniblement sous une frondaison touffue, interceptant la clarté du soleil.

Qui pourrait soutenir que cette marche n'est pas

mille fois plus monotone et plus fatigante que celle qu'on effectuerait sur une route, bordée tour à tour de forêts, d'étangs et de plaines, dans la grande lumière du jour éblouissant ?

Celui qui contraint son auditeur à elaguer les mots et les phrases trouve rarement des gens dont la bonne volonté dure autant que leurs explications.

Suivant la qualité du public auquel on s'adresse, on doit savoir exactement quelle est la limite de l'attention exigible ; il s'agit alors, non seulement de ne point la dépasser, mais encore de s'arrêter avant de l'avoir atteinte.

Cela sera facile a celui qui s'appliquera à faire contenir une idee dans chaque phrase.

Qu'il soit question d'analyser ou de résumer, rien n'est plus facile que de se soumettre à cette règle.

Un peu de bonne foi vis-a-vis de soi-même, permettra de s'assurer du degré de concision auquel on peut parvenir en reprenant soigneusement toute son argumentation. Si l'on s'aperçoit qu'il est impossible d'y rien retrancher sans enlever un détail d'une importance grande ou moindre, mais indispensable à la clarté de la phrase, on pourra se targuer d'avoir acquis la sobriété de style qui fait les bons propagandistes.

Si, au contraire, l'idee ne perd rien de sa précision en supprimant un certain nombre de mots, il faut sans hésitation les biffer et retrancher tous ceux qui viennent inutilement alourdir les phrases suivantes.

On intéressera encore en se maintenant dans le même ordre de sentiments et en évitant ces vagabondages au cours desquels il est si difficile de se faire accompagner longtemps.

Le groupement des idées permettra d'apporter de la variété dans l'exposé, tout en maintenant les esprits dans le domaine du sujet que l'on traite.

Un jour. dit une parabole orientale, un jeune disciple vint trouver son maître en lui disant :

— Qu'entend-on par le groupement des idees, en rapport avec la variété des discours et l'unite de l'exposé ?

Il me semble que ces choses ne peuvent se concilier et qu'il est impossible d'apporter de la variete dans la réunion d'idees semblables, se rapportant à l'expose d'un sujet unique.

Sans repondre, le savant entra na son eleve dans le parterre qui s'etendait autour de sa maison, et, affectant d'ignorer sa question, il lui montra les arbres et les fleurs d'essences differentes qui le composaient.

— Voyez, dit-il, comme ces roses ont un coloris superbe. Je les ai fait planter quand je suis venu habiter cette maison et leur parfum me ravit aussi bien que leur couleur.

Un peu plus loin il lui désigna un massif d'arbustes aux longues fleurs blanches, dont les calices retrousses se nuançaient faiblement de vert.

— Ces dathuras etaient a peine de ma tai le alois, dit-il, les voici bientôt devenus des arbres.

Passant ensuite devant une corbeille d œillets splendides, il les lui designa en disant :

— Voyez ces merveilleux œillets. ne font-il pas penser a une femme d'Europe serree dans un corsage de bal ?

Il lui fit admirer successivement toutes les fleurs et tous les arbres du parterre et des qu'ils furent revenus a leur point de depart, il se tourna vers le jeune homme et lui dit :

— Êtes-vous convaincu maintenant de la possibilité d'assembler le groupement des idees et la variété dans l'unite du sujet? Toutes ces fleurs et tous ces arbres sont d'une essence et d'une forme différentes ; ils ont chacun un parfum et une couleur qui leur sont propres. Leur aspect est des plus divers et cependant ils appartiennent tous au règne végétal et se groupent sous une même dénomination : *les plantes*.

De plus elles sont situées dans un lieu qui tire son nom de leur présence : *le parterre*.

Vous avez donc ici sous les yeux l'image de la variété, en connexité avec celle du groupement et celle de l'unité dans l'expose.

Celui qui sait convaincre devra aussi être versé dans l'usage des diversions opportunes.

Un mot suffit parfois pour renouveler l'attention engourdie et donner au sujet un intérêt nouveau.

Il y a des diversions adroites, consistant à semer l'espoir dans les esprits.

D'autres y suscitent la curiosité ; celles-là ne sont pas les moins précieuses ni les moins habiles.

D'autres préparent une explication un peu aride en l'annonçant, l'excusant si bien, qu'ainsi prévenus, les auditeurs sont tout surpris de ne point l'avoir trouvée fastidieuse.

Il est des diversions qui savent éveiller l'amour-propre ou l'intérêt particulier.

Une boutade spirituelle, lancée par un homme sérieux au milieu du discours le plus grave, a parfois fait davantage pour le renom de son auteur que les travaux les plus longs et les plus sévères.

Ne pas être ennuyeux, tout est là ! Savoir fleurir la route sur laquelle on veut entraîner ses auditeurs à sa suite, c'est le moyen de leur en masquer la longueur et l'aridité.

L'art de convaincre ne sera jamais l'apanage de l'homme ennuyeux, quoi qu'il fasse, car l'ennui est l'ennemi le plus acharné de la persuasion : il rend sourd, aveugle et, qui pis est, injuste, car il étouffe dans les plis des mornes étoffes dont il se drape, la meilleure génératrice de la conviction : la sympathie.

On remarquera que l'égoïsme est la principale cause de l'ennui que distillent certains porteurs de conviction.

Cet égoïsme n'est pas toujours le fait d'un sentiment blâmable et il est parfois totalement inconscient.

Il n'en n'existe pas moins indiscutablement.

Nombreux sont ceux qui ne s'intéressent qu'à un ordre d'idées.

Nombreux encore ceux qui excluent toute recherche n'ayant pas le don de les passionner.

Le résultat pour les premiers comme pour les seconds est identique.

Ils enclavent le champ de leur pensée dans les limites qu'ils se sont tracées et leur égoïsme ne leur permet pas de douter du penchant des autres à se joindre à leurs préoccupations.

Toutes leurs exhortations, tous leurs raisonnements se trouvent ainsi circonscrits dans le même cycle et on les étonnerait profondément en leur assurant que ce domaine ne tente pas tous ceux qu'ils veulent catéchiser.

Il est incontestable que, ainsi limitée, leur science est plus complète sur le sujet dans lequel ils se sont spécialisés.

Il est encore hors de doute que ceux qui poursuivent des études semblables, ou ceux qu'un penchant naturel dispose à s'en pénétrer, deviendront de dévoués disciples et des partisans convaincus.

A ceux-là jamais le maître ne semblera fastidieux.

Mais, — et là est le danger d'éveiller l'ennui, — ceux qui se sont spécialisés dans une science ou ceux qui ont adopté de trop étroits principes, ne savent pas toujours discerner la mentalité de leurs auditeurs.

Écoutés passionnément par le petit nombre, ils sont évités par la masse qui les déclare « ennuyeux ».

Or, il n'est pas besoin d'insister sur le danger de cette épithète.

Elle exclut l'attention et donne toute latitude a la paresse d'esprit, heureuse d'arborer un prétexte, quel qu'il soit.

La science de celui qui veut convaincre doit donc être faite d'une observation perspicace, qui lui interdira de parler a ses auditeurs un langage qu'ils comprennent mal.

La fatigue ne doit jamais être ressentie par celui que l'on veut rallier a sa cause.

Pour ne pas être — ou plutôt sembler — ennuyeux, le porteur de conviction aura donc à s'affranchir de l'égoïsme, qui, tel un voile épais, lui dérobe l'état d'esprit de ses auditeurs.

Mieux vaut rester muet que de paraître ennuyeux.

Celui qui n'a pas parle peut toujours sortir de son silence, mais celui qui n'a pas su intéresser aura à remonter un courant difficile, pour reconquérir l'attention qui, une fois déja, s'est détournée de lui.

On ne saurait assez insister sur le danger de cet égoïsme particulier, qui tres souvent prend sa source dans un désir louable d'initiation, mais indique cependant une préoccupation personnelle, peu digne de l'ambition qui doit animer celui qui veut convaincre les foules.

Douzième Leçon

Le rôle des sens dans l'art de convaincre.

Le sens dont, jusqu'ici, nous nous sommes particulièrement occupés est celui de l'ouïe.

Il est incontestable que c'est surtout par l'oreille que l'on peut songer à créer la conviction et nous avons déjà énuméré plusieurs moyens d'y parvenir.

Nous avons encore démontré que, par la vue, il était possible de recueillir des adeptes, puisque c'est par la vue que l'enseignement du livre pénètre les esprits.

Mais le rôle de ces deux sens est divers et multiple.

Un homme habile ne cherchera pas seulement à convaincre ses auditeurs en leur exposant ses principes, il s'appliquera à les bien disposer en sa faveur, par l'agrément de son extérieur, qu'il s'étudiera à rendre aimable, autant qu'il lui sera possible.

Celui qui veut obtenir une approbation a bien des conquêtes à réaliser avant de parvenir à son but; il lui faudra donc compter, non seulement avec les difficultés des acquisitions, mais encore avec celles qui surgissent des resistances.

On pourrait peut-être objecter que beaucoup de gens dont l'influence est réelle, sont cependant doués d'un extérieur déplorable.

C'est une vérité incontestable. Cependant il serait mauvais de se fier à cet exemple.

Sait-on combien ces gens ont dû lutter pour s'imposer ?

On n'ignore pas à quel point il est difficile de faire revenir la plupart des gens sur l'impression qu'une première rencontre leur a fait ressentir.

Pourquoi se créer des difficultés faciles à éviter, en organisant une lutte qui a toujours des côtés désavantageux ?

Ceux qui ont été péniblement impressionnés par un extérieur défectueux ont souvent beaucoup de peine à oublier cette sensation première et il en est qui n'entreprennent pas de s'y dérober.

On peut hardiment en conclure que sur une certaine quantité de personnes désagréablement touchées, la moitié au moins restera rebelle à un changement d'opinion.

Cette conversion arrive cependant — et c'est là le cas de ceux que nous citions plus haut — lorsque la célébrité est venue mettre ses rayons sur les apparences défavorables.

Mais se représente-t-on la somme d'efforts qu'il fallut déployer pour obtenir ce revirement ?

Ceux qui négligent leur extérieur doivent donc dépenser, pour vaincre la demi-répulsion causée par leur aspect, des forces de vouloir qui, employées ailleurs, auraient peut-être renforcé leurs arguments.

En tous cas, la conviction, sans aucun doute, eût été plus prompte à apparaître.

On pourrait objecter qu'il est toujours dangereux de se fier à son impression première et qu'avant de porter un jugement définitif, il est essentiel de savoir se créer une opinion.

N'oublions pas qu'il s'agit ici de gens à convaincre, c'est-à-dire de natures faibles, malléables seulement pour celui qui sait les découvrir.

Rien n'est plus difficile que de réduire et de convaincre ces sortes d'esprits.

Avec eux tout raisonnement risque de disparaître, noyé sous le flot de l'indifférence ou de l'apathie.

Avant tout, il faut frapper un grand coup qui les contraigne à tourner la tête pour se renseigner sur la nature du bruit.

S'imposer d'abord : l'effort vers la conviction viendra ensuite.

Il en est d'eux comme des tout petits enfants : une harmonie très douce ne les séduit pas, mais un son éclatant captive pour un instant leurs sens.

Le rôle de l'extérieur est donc prépondérant.

Si cet extérieur est rébarbatif, si un manque évident de soins se fait remarquer, le premier mouvement de l'auditeur sera un recul.

La tâche du maître deviendra donc doublement ardue, car il aura à reconquérir le terrain que sa négligence et son manque de psychologie lui auront volontairement fait perdre.

Le nombre des résistances à réduire est assez considérable, sans l'augmenter inutilement et celui qui ne tient pas compte de l'impression que peut produire son extérieur, se retire bien des chances de succès et se prépare bien des luttes inutiles.

Au contraire, l'homme habile, qui sait se rendre aimable à première vue, s'épargne une dépense considérable de forces, car ses interlocuteurs se sentent dès le premier abord attirés vers lui, et, à de très rares exceptions près, la sympathie, mère de la conviction, fleurit en eux.

On dira peut-être qu'il n'est pas donné à tout le monde de posséder un extérieur séduisant et que certaines gens sont affligés d'une laideur, contre laquelle aucun art ne prévaut.

Il n'est pas ici question de beauté ; on peut, du reste, très souvent constater, que ce don n'a rien a faire avec la sympathie. Il y a des laids séduisants et des êtres dont la beauté incontestable n'éveille qu'une idée d'éloignement.

L'extérieur agréable est dû surtout au soin méticuleux de la personne.

On connaît, c'est entendu, maints savants très estimés de leurs disciples, dont les cheveux embroussaillés laissent pleuvoir des pellicules sur le col de leurs vêtements et dont les ongles s'ourlent d'une bordure de deuil.

Mais s'ils voulaient être sincères, ils diraient combien ils ont à lutter pour créer une conviction, lorsqu'il s'agit de recruter des adeptes nouveaux, au sujet d'un principe qui n'est pas déjà admis à l'état de vérité.

Or, l'intéressant pour celui qui veut convaincre, n'est pas de prêcher des convertis, c'est de rassembler de nouveaux partisans et de le faire en dépensant la moindre somme d'énergie, dont il faut réserver la plus grande part pour la propagande multipliée de l'idée.

A l'appui de ce dire nous pourrions citer le dialogue suivant, entre deux étudiants en philosophie :

— Pourquoi ne te voit-on plus aux cours de X... ?

— Je suis ceux d'Y...

— Mais ses principes sont tout différents. Comment peux-tu parvenir a concilier les deux systèmes ?

— Je ne les concilie pas. J'ai adopté celui de Y...

— Mais nous avons toujours pensé que celui de X... était préférable.

— Je le croyais aussi, mais je me suis laissé con-

vaincre par les arguments de Y... après quelques
séances.

— Pourquoi est-tu alle l'entendre, alors que tu
ne partageais pas ses idées et que tu étais pleinement pénetré de celles de X ..?

— Que veux-tu, mon cher, j'étais, en effet, enthousiaste de la doctrine de ce dernier et je n'aurais
jamais songé à suivre un autre maître s'il n'avait
pas été aussi pénible à écouter.

— Le fait est que sa prononciation est devenue
bien défectueuse depuis qu'il a perdu ses dents.

— Oui et ce sifflement desagreable des *s*, ce bruit
mou des *f*, ainsi que l'attenuation de certaines
autres lettres amènent un bredouillement si désagreable dans ses discours que je me sentais pris
d'une nervosité intense en l'ecoutant.

— C'est vrai, quand il parle, j'ai aussi par moment
l'apprehension du retour de certaines syllabes, dont
la prononciation fâcheuse me cause un malaise, qui
s'accroît de la difficulté de comprehension.

— Tu vois !... Alors j'ai assiste aux cours de Y... Il
est eloquent, entrainant, ses principes m'ont d'abord
semble défendables, puis admissibles ; enfin je me
suis demandé si ceux de X .. n'etaient point aussi
caducs que son langage et je suis maintenant l'un
des assidus des cours de Y.. Pourquoi n'y viens tu
pas? Je t'assure qu'ils sont pleins d'interêt.

— Peut-être. Je suis pourtant attache à X...; mais il
devient si désagreable à suivre... Enfin je verrai...
au revoir à un de ces jours chez Y..

Si nous avons reproduit cette conversation tout
entière, c'est qu'elle est le commentaire le plus pro-
bant de ce que nous avancions, en parlant des avan
tages exterieurs.

Conçoit-on l'inferiorite que confere à un homme
destiné à convaincre par la parole, ce defaut auquel
il est si facile à remedier : l'absence de dents ?

Dans une grande salle tout le monde ne voit pas l'orateur mais tout le monde l'entend et tout ce qui peut entraver le charme de la parole doit être pour lui l'objet d'une préoccupation constante.

S'il n'est pas donné à tout le monde d'être beau, il est facile à chacun de se rendre agréable en remédiant, autant que faire se peut, aux défauts de la nature ou aux injures de l'âge. Il est encore facile à chacun, *dans n'importe quelle situation il se trouve*, d'être d'une méticuleuse propreté ; enfin il est, sinon aisé, du moins possible à tous, de se créer une physionomie sympathique en corrigeant bien des défauts de caractère.

Le visage est le reflet de l'âme et la plus sûre beauté ne réside pas dans la régularité des traits, mais dans l'expression qui traduit l'harmonie inté-rieure.

La douceur et l'urbanité habituelle engendreront la correction aimable du maintien, tandis que la qualité supérieure des sentiments illuminera la physionomie d'un charme spécial, bien fait pour éveiller la confiance, dans l'âme de ceux qui sont appelés à devenir des partisans.

Cette préoccupation, dont nous venons de constater l'importance pour ce qui s'attache a l'ouïe et a la vue, ne doit pas être negligée en ce qui concerne l'odorat.

Nous voudrions n'avoir pas à parler de ceux qui, par suite d'une incommodité physique ou d'un manque habituel de soins, dégagent une odeur fâcheuse.

Il est cependant difficile de passer sous silence ce défaut qui, la plupart du temps, peut être corrigé ou entièrement supprimé par des soins assidus ou par des précautions constantes.

Par exemple, celui dont l'haleine n'est pas très pure, évitera de parler de trop près à son interlocuteur.

Cette remarque, du reste, devrait être prise en considération par chacun, car il peut arriver que l'on se trouve habituellement ou passagèrement affligé de cette incommodité, sans en avoir connaissance. Ajoutons que les usages réprouvent cette attitude qui implique une familiarité dont beaucoup de personnes pourraient se choquer.

Une autre façon d'offenser l'odorat d'autrui consiste à se couvrir de parfums.

Si une légère quantité de substance odoriférante peut être sans inconvénient employée au cours des ablutions, il est du dernier mauvais goût de se parfumer de façon à rendre cette odeur perceptible.

Les parfums sont appelés à corriger l'odeur *sui generis* que tout être humain dégage, mais ils ne doivent jamais dominer, car ils sont quelquefois assez antipathiques pour faire fuir la présence de celui qui les porte.

On pourrait rééditer à ce sujet l'anecdote de Napoléon Ier et d'une petite artiste de province.

Cette jeune actrice avait su charmer le grand homme, au point qu'il avait insisté pour obtenir d'elle un entretien.

Dans l'intention de se rendre plus séduisante elle s'était aspergée de parfums très violents ; or Napoléon les avait en horreur. Mais sa fantaisie était si irrésistible qu'il garda la jeune femme près de lui pendant de longues heures, à l'issue desquelles il sonna son valet de chambre en lui disant : « Enlève-moi cette petite, elle me fait mourir avec ses parfums. »

Quelque temps après il disait à Junot « Il est heureux que cette jeune artiste ait eu la folie des parfums. Elle aurait, je le sens, pris sur moi, un ascendant regrettable. »

Le sens du goût n'est pas moins à considérer, quoique son importance ait moins souvent l'occasion de se manifester ; cependant tout le monde sait qu'après un bon dîner on est plutôt disposé à l'indulgence, qu'après un repas médiocre et que, très souvent, une nourriture de qualité douteuse ou des mets mal choisis ont causé un mécontentement, engendrant la mauvaise volonté.

On ne doit pas oublier la réponse qui fut faite au sujet de l'influence d'un homme à l'esprit moyen, qui avait su conquérir un prestige inconcevable.

« C'est vrai, disait de lui un humoriste célèbre, il n'a aucun mérite personnel, ma s il a su s'attacher un excellent cuisinier. »

Cette façon de conquérir un ascendant réel n'est certainement pas à la portée de tous, mais ceux qui peuvent la mettre en pratique auraient grand tort de la négliger, car le sens du goût joue son rôle dans l'art de convaincre.

Le toucher est, en revanche, cause de bien des impatiences, nuisibles à la cause de la persuasion.

A qui n'est-il pas arrivé de traverser la rue pour éviter le contact d'un homme dont, parfois, on estime le caractère, mais dont on redoute le toucher.

Certaines personnes sont affligées d'une transpiration qui rend leur poignée de main profondément désagréable ; d'autres se negligent au point que bien des gens délicats hésitent à frôler leurs paumes douteuses et leurs ongles noirs.

Il est aussi des gens qui ne savent point soutenir une conversation sans saisir leurs interlocuteurs par une partie de leurs vêtements ; quelques-uns les retiennent par un bouton de leurs habits, d'autres par les revers du paletot.

Il en est encore qui ont la manie de jouer avec un objet composant la toilette de celui auquel ils parlent. Ils roulent sa chaîne de montre entre leurs doigts, balancent le cachet qui la termine…, etc…

Pour la plupart des gens qui les subissent, ces

contacts constituent un énervement, bien fait pour éveiller en eux un sentiment légèrement défavorable envers celui qui le leur inflige.

Aussi ne faut-il pas s'étonner de les voir s'ingénier à l'éviter.

L'art de la persuasion est fait de mille vertus, positives et d'autant de qualités négatives.

Le nombre des actes à éviter est aussi considérable que celui de ceux qu'il est nécessaire de produire et celui qui a acquis sur autrui l'ascendant nécessaire pour amener la conviction peut, s'il est sincère vis-à-vis de lui-même, se rendre compte que l'abstention motivée lui fut parfois d'un recours aussi efficace que l'activité.

Il est encore des détails, trop négligés de ceux qui prétendent planer au-dessus des contingences vulgaires, et qui, cependant, ont, aux yeux du public, une importance considérable.

Nous voulons parler de ce qui concerne les commodités physiques de l'auditeur :

Le choix de l'emplacement d'une salle ;

La recherche d'une acoustique favorable ;

Le souci d'une lumière bien distribuée ;

La commodité des sièges ;

Une aération suffisante.

Toutes ces conditions, se rapportant exactement aux exigences physiques, c'est-à-dire à la satisfaction du bien-être matériel, doivent être longuement étudiées avant d'être résolues.

L'emplacement d'une salle joue un rôle très important dans la réussite d'un orateur.

Suivant le public auquel il s'adresse, il saura choisir une salle dans un quartier facilement accessible à ceux qu'il convie à l'écouter.

S'il veut haranguer les masses, il recherchera un local vaste, situé dans un endroit populeux, assez proche des groupements laborieux pour que le trajet ne soit pas un obstacle trop difficile à envisager.

Si, au contraire, il compte parler devant un public d'élite, il s'efforcera de trouver une salle dont les proportions se rapporteront au nombre des auditeurs qu'il prévoit.

Cette salle devra être située dans les environs des centres spéciaux d'études se reliant au sujet qu'il désire traiter.

L'acoustique ne devra pas non plus être négligée.

Rien n'est plus fatigant pour les auditeurs que de devoir produire un effort constant pour saisir les phrases de l'orateur.

Il en est peu qui soient capables d'une tension aussi continue et, lassés bientôt ils ne prêtent plus qu'une attention distraite à des paroles, dont la pensée ne leur parvient que tronquée et méconnaissable.

Le manque de clarté est encore un inconvénient auquel il est bon d'obvier.

On écoute moins bien un orateur qu'on aperçoit mal.

Cependant une lumière trop crue peut devenir également une gêne et on ne saurait trop s'inquiéter du malaise que la grande abondance ou la pénurie de clarté peuvent causer.

A noter encore que la trop brillante illumination est ennemie du recueillement.

Quant a la commodité des sièges, elle ne peut toujours être obtenue à cause de la grande affluence ou de la simplicité de la salle.

Cependant on ne doit pas oublier que les sens ont une grande part dans la qualité de l'attention que l'on prête à un orateur.

Il est donc bon de songer, autant que faire se peut, à épargner à l'auditeur toute gêne physique qui, forcement détournerait sa pensée du but unique qui doit l'animer : ecouter, afin de comprendre et de se laisser penetrer par les bienfaits de la conviction.

Treizième Leçon

Les évocations efficaces.

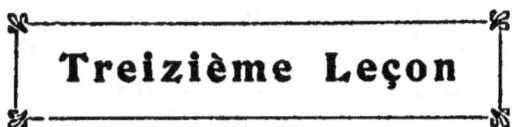

La pensée, on le sait, se modifie avec le temps ; elle subit encore l'influence de l'ambiance et celle des événements.

Celui qui ne tiendrait pas compte de la modification qui peut être apportée par le progrès n'arriverait jamais à créer la persuasion autour de lui.

Il est cependant habile de faire appel au passé en ressuscitant une atmosphère, contemporaine à l'exécution de certains actes que l'on desirerait faire produire à nouveau.

C'est par les mots que l'on sait le mieux faire revivre une image.

Il en est certains dont le pouvoir, particulièrement évocateur, en retraçant fidèlement la science de jadis, renouvelle l'emotion d'antan, et la fait apparaitre presque aussi intense qu'elle le fut alors.

Beaucoup de gens ne sont que des echos. Dénués de la volonté qui fait les qualites personnelles, ils ne savent que refléter celles d'autrui. Ils ne pensent pas par eux-mêmes, mais ils sont capables de répéter une pensée qui leur a été suggerée, surtout si cela se produit dans des conditions telles, que le rappel se présente de lui-même à leur fragile compréhension.

Ceux-là sont tout prêts à se courber sou, l'empire des circonstances leur représentant un état semblable dans le passé.

Leur pensée, amie inconsciente du plagiat, émet volontiers un argument qui ne leur appartient pas en propre, ou des phrases, susurrant dans leur mémoire un bruissement déjà entendu.

La conquête de pareils adeptes, dira-t-on, est bien médiocre pour un homme ambitieux et beaucoup d'entre ces derniers seront tentés de la négliger.

Ce serait un grand tort car il leur sera facile de les modeler à leur guise en créant en eux la conviction provenant des évocations efficaces.

Celui qui entreprend cette tâche pourrait se comparer à un sculpteur de merite qui, après avoir réalisé une œuvre grandiose, se hâterait d'en tirer un grand nombre de copies.

L'œuvre, ce sera l'individualité, la personnalité, en un mot la manifestation du *Moi* de celui qui veut convaincre. Les copies, plus ou moins parfaites de cette œuvre, seront les partisans qu'il a su persuader en évoquant autour d'eux l'atmosphère existant au moment où il travaillait à cette création.

On peut lire tous les jours des récits concernant une conviction amenée par l'évocation de faits antérieurs.

On sait quel pouvoir a sur les malfaiteurs la vue des lieux ou leur crime s'est accompli et l'on pourrait citer de nombreux cas où, vaincus par la puissance de la reconstitution les plus rebelles aux exhortations concernant l'aveu ont confessé leur attentat, avec une profusion de détails qu'ils semblaient énoncer involontairement.

On a vu des gens au cœur dur s'attendrir à des rappels de souvenirs d'enfance et se laisser convaincre par ceux qui savaient habilement les faire surgir devant eux.

Les évocations opportunes ont donc une efficacité indiscutable sur la formation de la conviction.

Mais autant il est important de savoir ressusciter les souvenirs favorables, autant il peut être maladroit de rappeler les moments fâcheux par une phrase malencontreuse.

Un proverbe dit qu'il ne faut jamais parler de corde dans la maison d'un pendu. C'est une façon imagée de signaler les inconvénients qu'il peut y avoir à prononcer des mots, destinés à faire surgir dans l'esprit des interlocuteurs, un souvenir désagréable.

Prenons, si vous le voulez, l'exemple visé par le proverbe cité plus haut :

Un des proches parents de celui que l'on désire convaincre s'est pendu à la suite d'événements évidemment regrettables.

Quelle que soit la nature des circonstances qui ont amené cette résolution, on peut admettre que le rappel doit en être pénible aux proches parents du suicidé.

Si celui-ci en est arrivé à ce geste définitif par suite d'un accès de désespoir, tenant a des causes intimes, sa disparition aura certainement suscité de nombreux regrets, avivés encore par la pensée des souffrances que cet homme a dû endurer, avant d'en venir à cette ultime résolution.

S'il a obéi à un sentiment de delicatesse, en voulant échapper à des compromissions dont la mort seule pouvait le délivrer, les regrets, nuancés de respect, s'accentueront encore et toute allusion à cette fin malheureuse sera pour les parents de cet homme un renouvellement de douleurs.

Si, au contraire, il s'est jeté dans la mort pour éviter les conséquences d'une faute, son souvenir restera entaché d'une honte, qui le rendra plus pénible encore.

De toutes façons, celui qui viendrait l'éveiller maladroitement ne manquerait pas de causer un malaise, dont le résultat serait l'éloignement.

Tout le monde a été confident des doléances de certains camarades de misère de gens devenus millionnaires, qui, au lieu de les accueillir, de les entendre, de les aider, les tenaient à distance et se gardaient d'écouter les arguments, quelquefois excellents, qu'ils désiraient leur soumettre, en faveur d'une affaire pouvant les tirer eux-mêmes d'embarras, tout en accroissant la fortune de l'ami opulent.

A première vue on est toujours tenté de blâmer le riche refusant d'accomplir un geste généreux, qui risque en même temps de devenir fructueux pour lui.

Cependant un observateur s'apercevra bientôt que l'ami ne doit sa disgrâce qu'à la maladresse de ses évocations.

Celui qui s'est fait lui-même, qui, parti d'une situation modeste, est arrivé a la fortune a parfois d'excellentes raisons pour redouter le rappel, devant témoins, des moments difficiles de son existence.

Or, certains amis de la première heure se plaisent a les remémorer a tous propos.

Les uns n'y mettent point malice et s'imaginent, au contraire, rendre justice aux capacités de leur ami, qui, parti du même point est arrivé au faîte de la montée, alors qu'ils se traînent encore dans les tâtonnements précédant l'ascension.

D'autres trouvent dans l'énoncé de ces souvenirs une consolation rétrospective et s'imaginent faussement se rapprocher davantage du millionnaire en lui rappelant à tout propos le temps ou, suivant l'expression familière, ils partageaient la même tranche de vache enragée.

Pour certains esprits, amis de la chimere, la résurrection de ces souvenirs est une sorte de nivellement, qui, pour un moment, les dupe, en leur faisant oublier leur infériorité actuelle.

Il est enfin des jaloux qui, furieux de ne pouvoir égaler leur ami dans le présent, sont heureux de faire constater leur parité ancienne.

A un degré pire, ils cherchent à mettre sur la puissance actuelle l'ombre de l'humilité passée et croient ainsi diminuer le prestige de celui qu'ils envient bassement.

Il est triste de constater que ces derniers arrivent presque toujours au résultat qu'ils visent. La richesse a, de tout temps, suscité le mécontentement de ceux qui n'ont pas su l'atteindre et les rates sont toujours heureux de rencontrer une occasion leur permettant d'abaisser celui qui s'est élevé au-dessus d'eux.

On comprendra donc facilement que celui qui veut convaincre un ami dont la protection peut lui être précieuse, ne devra effleurer qu'avec un tact infini le chapitre des rappels lointains.

Alors même que l'homme influent serait le premier à conter ses origines et a s'en glorifier, il serait encore malhabile de les commenter sans qu'il en ait pris l'initiative.

On devra encore apporter une délicatesse très grande dans le choix de ces souvenirs, car il faut compter avec la calomnie, toujours prête à aggraver et à dénaturer toutes les confidences, dès qu'il s'agit de faire descendre un homme éminent du piédestal ou il a su monter.

Il est encore des gens qui, pour une raison quelconque, ne désirent pas produire en public leur ex-

trait de naissance. Le camarade d'enfance, trop em-
pressé à énoncer des dates, n'arrivera jamais à conserver entre eux l'intimité propice à l'éclosion de la
conviction.

Tout en l'aimant et l'estimant ils le tiendront
éloigné d'eux, car ils redouteront les précisions intempestives dont ce dernier ne manque pas d'émail-
ler ses discours.

Il ne faudrait cependant pas conclure de tout ceci
que l'ami de l'homme riche doit être servile.

Il se bornera à éviter les évocations nuisibles à sa
cause. Sans jouer le rôle de flatteur, il evitera de
prendre celui de fâcheux ; il est des souvenirs que
l'on n'accueille pas avec plaisir, quand bien même
ils ne se formuleraient que dans la pensée ; il en est
aussi qui ne sont les bienvenus qu'à la condition
d'arriver à leur heure. D'autres n'attendrissent que
s'ils se présentent spontanément et ne sont pas re-
nouvelés mal à propos.

Voilà pourquoi le camarade d'enfance est si souvent redouté de ceux qui sont parvenus à la fortune
ou à la renommée.

C'est pour ces mêmes raisons que tant de ces
amis de la première heure ne réussissent point à
susciter la conviction, alors même que leur cause
est juste et leur exposé intéressant.

Ils se heurtent contre une fin de non recevoir, dé-
guisée ou brutalement avouée, mais définitive sous
quelque forme qu'on l'exprime.

Nombreux encore sont les gens qui, suivant en
ceci la pente de leur caractère, se plaisent à convier
particulièrement les souvenirs tristes. Dans leur
conversation défilent successivement tous les morts
dont la vie fut liée à la leur et a celle de celui qu'ils
voudraient convertir à leur cause ; c'est un rappel
continu d'anecdotes dans lesquels des gens defunts
jouent le principal rôle.

— Te souviens-tu de ce pauvre X... quand il nous disait?...

Suit alors le détail d'une aventure plus ou moins banale, qui sert de point de départ à toutes sortes de rappels tragiques, concernant la maladie et la mort du camarade dont on parle.

Et l'ami doit se trouver encore heureux si ces images n'en font pas surgir de semblables et n'évoquent pas le souvenir de tous les contemporains disparus. Il y a aussi les amis qui, croyant se rendre sympathiques, s'attendrissent sur la mort d'une épouse, qui ne fut que médiocrement regrettée et que l'on s'apprête à remplacer.

Toutes ces maladresses, qui sont classées sous le nom familier de *gaffes* sont des obstacles invincibles à l'éclosion de la persuasion, car, quelque affection que l'on puisse avoir pour un *gaffeur*, on le redoute si fort qu'on en vient à ne jamais désirer sa présence.

Il ne faut donc point s'empresser de juger trop sévèrement les hommes riches qui tiennent certains camarades besogneux à distance; il est vain aussi d'égarer sa pitié sur le sort de ces gens qui, placés mieux que personne pour obtenir des faveurs, par l'entremise d'un ami d'enfance, ne peuvent parvenir à se voir accueillir assez cordialement pour essayer d'en faire un auxiliaire.

Il faut penser que, devant certaines gens à l'esprit étroit, il est parfois impolitique d'étaler la modestie de ses origines et que, sans en rougir soi-même, on peut être amené à dissimuler sa pauvreté initiale, devant ceux qui sont tout disposés à en faire un grief.

Il est encore fort désagréable, pour un homme qui se sent fort et bien portant, de voir un camarade précocement décrépit et usé souvent par des excès, venir lui rappeler qu'il est son contemporain et, par conséquent, sous le coup de la caducité dont il se plaît à faire parade.

Certaines situations politiques, certaines carrières n'admettent pas la déchéance de l'âge et il peut être très nuisible d'avoir près de soi un camarade d'enfance, proclamant avec insistance une parité d'années que, sans son indiscrétion, il serait impossible de soupçonner.

Ceux qui veulent cultiver l'art de convaincre, doivent donc a tout prix éviter les évocations intempestives, sinon leurs amis influents ne manqueraient pas de rééditer à leur sujet la boutade bien connue :

« Mon Dieu! préservez-moi de mes amis. Quant à mes ennemis, je m'en charge. »

L'efficacité des évocations dépend donc surtout du tact de celui qui veut s'en servir comme moyen de conviction.

Une grande connaissance du cœur humain pourra seule guider certainement dans cette voie.

Il y a des gens qui s'attendrissent volontiers à la résurrection de maints souvenirs.

D'autres, au contraire, fuient ces émotions, qu'ils considèrent comme inutiles ou déprimantes.

On doit convenir que, pour les hommes d'action, le retour en arrière passe souvent pour du temps perdu.

Le passé ne leur apparaît que comme une chose morte, dont il est inutile d'encombrer le présent.

Ils seraient dans le vrai si ces évocations devaient se borner à de simples et inutiles rappels.

Mais le rôle du porteur de conviction est tout autre.

S'il évoque les événements antérieurs, c'est toujours pour en tirer une aide.

Dans beaucoup de cas les souvenirs seront des leçons vécues, dont l'observation préservera l'avenir.

S'ils se rapportent à de nobles actions, ils entretiendront dans les cœurs une émulation, propre à faire surgir la conviction que l'on voudrait y voir fleurir.

S'ils rappellent un geste que l'on voudrait n'avoir pas accompli, l'évocation sera propice en resolutions destinées à préserver de semblables regrets.

Mais, on ne saurait assez le répéter, les résurrections mentales doivent être abordées avec la plus grande circonspection.

Les conversions les plus complètes dépendent toujours de la délicatesse avec laquelle on aura su les provoquer.

L'aile des souvenirs doit effleurer les cerveaux sans y projeter une ombre importune.

Quatorzième Leçon

Pour et contre le premier mouvement.

Il serait vain de ne pas admettre que les convictions les plus ardentes ont été déterminées par des élans oratoires ou par une impulsion, donnée dans un moment d'enthousiasme.

Nul n'ignore la puissance de l'élan primesautier qui détermina la première croisade.

A la voix du moine criant : Dieu le veut! les hommes sortirent des châteaux et des chaumières et, dans un sentiment de ferveur ardente, s'enrôlèrent sous la bannière immaculée, éclaboussée d'une croix sanglante.

L'histoire est pleine de tels exemples et l'ascendant d'un orateur sur la masse, se double incontestablement lorsqu'il semble engendré par la spontanéité.

C'est à dessein que nous nous servons du verbe sembler au lieu d'un autre, renfermant une pensée plus affirmative.

Et c'est là que gît le talent de bien des prédicateurs sacrés ou profanes.

L'éloquence du premier mouvement peut se classer ainsi :

L'improvisation de la pensée ;

L'improvisation de la phrase ;

Dans le premier cas, celui qui tient à persuader saisit l'argumentation qui se présente et l'expose dans un grand élan, dont la sincérité a toutes sortes de chances de devenir contagieuse.

Celui qui sait affirmer aussi superbement l'existence de sa conviction, éveille toujours dans les âmes de ses auditeurs une émotion qui les prépare à recevoir le raisonnement de la lumière qu'il fait éclater soudain.

Il n'est pas toujours besoin d'être un orateur pour obtenir ce succès et l'on a pu voir très souvent des gens s'exprimant sans aucun art, parvenir au but que n'atteignaient pas les manieurs de paroles les plus autorisés.

On serait donc fondé à penser que la sincérité suffit pour attirer la conviction, et, par conséquent, qu'il n'y a pas lieu de cultiver l'art de la persuasion puisqu'elle s'impose d'elle-même lorsqu'on est suffisamment loyal pour ne préconiser que des vérités.

Cette erreur, qui est celle de bien des braves gens, cause presque toujours leur insuccès.

Certes, la duplicité est condamnable et l'émission de la pensée véritable doit être le souci constant de ceux qui désirent convaincre ; pourtant il est nécessaire d'attirer l'attention sur le danger des improvisations concernant une phase nouvelle de la présentation de l'idée.

Il est peu d'habiles tireurs qui ne prennent le temps de viser ; même les professionnels, qui nous étonnent par la rapidité de leur tir, savent avant de laisser partir le coup à quelle distance se dresse le but qu'il s'agit pour eux d'atteindre et ils connaissent, avant même de prendre leur arme, la direction exacte dans laquelle ils sont appelés à tirer.

S'ils ignoraient le sens ou la longueur exacts du

trajet que leurs projectiles ont à parcourir, bon nombre de leurs balles risqueraient de dépasser le but ou de retomber sans force avant de l'avoir touché.

C'est le sort de maintes improvisations, se rapportant à l'élan primesautier de la pensée. Dans l'ardeur de leur conviction propre, les orateurs qui n'ont pas déjà pris contact avec leur public, ceux qui ne tiennent pas compte des sentiments de leurs interlocuteurs, ceux qui ignorent la qualité de leurs aspirations ou la pente de leurs idées, risquent fort de faire comme l'homme dont un vieux conte nous dit l'aventure :

Il avait un jour vu, du haut d'une montagne, une merveilleuse vallée, splendide parterre que les fleurs, les eaux, les ombrages transformaient en un jardin de délices.

Il en parla d'une si enthousiaste façon que nombre de gens résolurent de se joindre à lui dans une excursion vers la contrée paradisiaque.

Du haut de la montagne, il avait repéré la situation exacte de la vallée et il se mit en route dans un si bel élan, qu'au bout de plusieurs heures, lorsque harassé de sa course il se retourna, il eut le chagrin de ne plus voir autour de lui que de rares fidèles.

La plus grande partie de ses compagnons n'avaient pu le suivre dans sa marche endiablée et l'avaient abandonné en chemin.

Il continua avec quelques autres, dans un élan nouveau et si ardent, que, parvenus à une éminence, ils eurent le chagrin de voir la vallée très loin derrière eux.

En même temps ils remarquèrent un groupe de promeneurs qui en exploraient les sites.

C'étaient les compagnons de la première heure, qui refusant de suivre leur guide dans sa course folle

étaient revenus sur leurs pas, juste à point pour rencontrer un homme qui, lui aussi, leur célébra les
beautés de la vallée. Mais plus pondéré que l'autre
explorateur, il avait, avant d'en parler, pris le temps
de la visiter et de se renseigner sur les sentiers qui
y conduisaient de la façon la plus commode et la plus
rapide.

Quant aux premiers, victimes de leur enthousiasme
irréfléchi, ils durent rebrousser chemin et rentrer
dans leur logis sans avoir pu pénétrer dans le lieu
charmant qu'ils s'étaient promis de visiter.

Est-il besoin d'ajouter que, parmi ces derniers,
ceux qui eurent à cœur de contenter leur envie, choi-
sirent le second guide et s'abstinrent desormais de
suivre celui qui les avait entrainés une fois au delà
du but qu'ils avaient depassé sans le voir ?

Ce conte est le fidèle symbole des dangers que
présentent les improvisations de la pensée. Il est
rare qu'un projet non mûri puisse être exécuté sans
fausses manœuvres et celui qui veut exceller dans
l'art de convaincre affaiblit d'autant son autorité,
chaque fois qu'il engage ses partisans dans une
aventure douteuse.

L'improvisateur de la phrase, au contraire, peut
jouir pleinement des avantages attachés à la spontanéité de la pensée.

Il se gardera pourtant de l'exprimer dès qu'elle
se présente; il la conservera dans un coin de sa mémoire et en pèsera le pour et le contre avec attention.

Si le projet lui semble recommandable, il s'efforcera alors de le presenter. Dans le cas ou il se tar-
guerait d'une certaine facilité de parole, il serait
préférable qu'il s'en tint à la considération de l'idée,
en se laissant guider par les circonstances, en ce
qui concerne l'improvisation de la phrase.

Il serait même infiniment plus efficace, s'il s'agit

9

d'un entretien ou d'un dialogue, qu'il ne préparât rien, car il pourrait se faire que le tour de la conversation exigeât une forme différante de celle qu'il aurait adoptée et il se trouverait alors dans l'alternative suivanté : improvisei, ou dire, hors de propos les phrases déjà combinées.

Dans le premier cas, il aura effectué un inutile travail; dans le second, il risquerait fort de proférer des paroles intempestives, car, avant tout, un argument doit venir en son temps pour être goûté.

Les gens qui s'écrient : Ah ! à propos de... et qui exposent des idées ne se rapportant que de loin au sujet, sont distraitement ecoutés par ceux qui, bien loin d'ouvrir leur âme a la conviction, ne manqueront de dire en leur for intérieur :

— Pourquoi nous raconte-t-il cela a propos d'une chose qui n'a que de lointains points de contact avec celle dont il parle ?

Il est encore important de discipliner le premier mouvement de façon à ce qu'il ne se produise jamais d'une façon désobligeante pour l'interlocuteur.

Les gens primesautiers savent raremeut attendre la fin de l'exposé de leur contradicteur pour lui opposer un démenti ou rétorquer ses arguments.

Cela amène toujours une irritation, bien peu faite pour aider à la naissance de la conviction et presente en outre l'inconvénient de mutiler la pensée de celui que l'on interrompt avec tant de maladroite désinvolture.

L'association des idées est composée d'une suite de representations dont l'enchaînement logique importe beaucoup a la netteté du discours; on peut donc concevoir quelle peut être l'irritation de celui qui voit ainsi rompre le fil des pensées, dont les unes, en engendiant les autres, créent un groupement favorable à l'émission de la conclusion.

Les interrupteurs sont généralement redoutés et l'art de convaincre est rarement leur fait.

Un autre danger du premier mouvement, en ce qui, bien entendu, concerne les mouvements cérébraux, est la facilité avec laquelle celui qui s'y laisse aller, bifurque, pour suivre la pensée nouvelle qui se présente.

Chez quelques-uns ce changement de direction vient de la crainte d'oublier un argument qui ne leur semble pas dénué de valeur ; pour d'autres, cette excursion ne représente qu'un abandon momentané de la pensée première, qu'ils reprennent, du reste, non sans hésitations, sans phrases inutiles, sans exercices de rappel comme :

— *Eh bien, alors... Oui c'est comme cela... Nous disions que...*

A moins qu'ils ne s'écrient naïvement .

— *Au fait, qu'est-ce que je disais donc?*

On peut comprendre sans peine à quel point ces gens-là sont inaptes à créer la conviction dans l'esprit de ceux auxquels ils s'adressent.

Le premier mouvement est une arme à deux tranchants, qu'il faut savoir manier avec un tact parfait.

Un proverbe menteur dit qu'il est toujours le bon. Nous voulons croire que ce dicton a été émis par un timoré, qui, ayant l'habitude de penser juste, manquait de résolution pour exécuter le geste commentant son idée et se laissait aller à un flottement, destiné à amener la confusion dans les décisions.

Le premier mouvement est, en effet, quelquefois le bon, mais souvent aussi il est déplorable et c'est la réflexion judicieuse qui seule peut éclairer sur sa véritable portée.

On doit encore se défier des observations faites après coup, reposant sur la connaissance de faits qui, lorsqu'il s'est agi de prendre une décision, ne se présentaient pas sous l'aspect qu'ils ont adopté depuis

La conclusion qui s'impose est donc celle-ci :

Le premier mouvement peut être d'une influence considérable dans l'art de convaincre, s'il est corrigé par la réflexion qui l'admet et la parole qui sait lui rendre sa spontanéité.

Mais il devra toujours se dépouiller de l'élément qui le produit : l'instinct.

L'instinct est cette intelligence embryonnaire que les hommes possèdent, ainsi que les animaux.

A mesure que l'esprit se cultive, l'instinct s'amoindrit et il finit, sinon par disparaître, du moins par se laisser discipliner par le raisonnement.

Les instinctifs sont rarement appelés à faire des prosélytes.

Ils sont eux-mêmes trop esclaves de leurs penchants pour enseigner aux autres une discipline qu'ils ignorent.

Avant de chercher a devenir un guide sérieux, il est indispensable de connaître à fond la route sur laquelle on projette d'entraîner autrui.

Or les instinctifs, toujours dupes de leurs impressions primesautières, ne sont pas qualifiés pour se maintenir dans la stricte mesure.

Suivant les impulsions qui les dirigent, ils vont de-ci de-là, sans souci de coordination et sans forces pour lutter contre un désir, le plus souvent éphémère, et, plus fréquemment encore contradictoire.

On doit se défier de ces entraînements irraisonnés qui, presque toujours, prennent leur source dans la matérialité pure.

L'instinct n'est que l'écho d'une émotion physique ou d'un besoin matériel.

Chez les gens très près de la nature il prédomine.

Il s'atténue chez les hommes cultivés.

Il devient l'esclave de celui qui a su le dompter.

C'est a cet asservissement qu'un futur meneur d'âmes doit tendre.

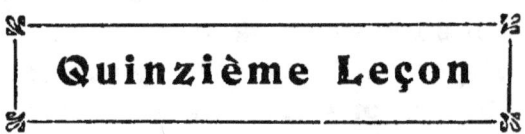

Quinzième Leçon

Le procès de la crédulité.

Contrairement à ce que l'on serait tenté de croire, ce ne sont pas les gens les plus crédules qui sont susceptibles d'être plus facilement convaincus.

Il n'est pas question ici d'une conviction passagère, aussi prompte à naître qu'a mourir ; la conviction est une foi profonde, déterminant les actes et créant les initiatives.

Ce qu'on appelle la crédulité, c'est-à-dire la croyance envahissant les âmes faibles à l'audition d'un argument fragile, aussi bien qu'à celle d'une nécessité établie, est le piège auquel se laissent trop souvent prendre les apprentis en l'art de convaincre.

Ils confondent volontiers la crédulité avec la conviction et croient avoir remporté une victoire lorsqu'ils constatent l'acquiescement de leurs interlocuteurs.

S'ils ne se contentaient point d'un examen superficiel, ils ne tarderaient pas à s'apercevoir que ces mêmes gens crédules, qu'ils ont cru convertir, n'ont pas tardé à renier leur foi dernière pour en embrasser une autre, diamétralement opposée, qu'ils sont, du reste, prêts a abandonner au profit d'une nouvelle doctrine, leur exposant des principes en désaccord complet avec ceux qu'ils professent maintenant.

Il ne faudrait cependant pas confondre la credulité avec la conversion.

La conversion consiste dans la substitution d'une croyance à celle que l'on pratiquait auparavant.

Elle ne s'opère qu'à la suite d'une conviction, basée sur des raisons solides, ou tout au moins, admises comme telles.

Une conversion est presque toujours définitive. Elle peut adopter une forme plus ardente ou plus tiède, elle peut se renforcer ou s'atténuer, mais il est rare qu'elle cède la place a un revirement complet.

Il est des conversions brusques, il en est d'autres plus lentes.

La vérite, ou ce que l'on considere comme la vérité, apparait tout a coup comme le soleil déchirant les voiles des nuées et tout ce qui, jusqu'alors, se trouvait maintenu dans l'ombre, apparaît lumineux aux esprits frappes de cette révélation.

La conversion existe aussi bien au sujet des convictions profanes que de la foi confessionnelle.

Elle peut s'adresser aux mouvements de l'âme aussi bien qu'aux résolutions concernant les entreprises matérielles.

Elle s'opère quelquefois par une succession de transitions insensibles transformant peu a peu les idées anciennes, les modifiant souvent d'une manière tellement imperceptible, que l'on a peine a se rendre compte soi-même du changement graduel qui se produit dans la manière de voir.

Ce n'est qu'au moment ou une circonstance coutumière amène tout naturellement une résolution différente de celles que l'on prend ordinairement en pareille occasion, qu'il est donné de s'apercevoir du chemin parcouru en sens inverse de la direction habituelle.

D'autres fois ce bouleversement se produit à la suite d'une longue période d'incertitude, dont la continuité devenait une torture.

Les hommes qui se livrent à des recherches scientifiques, les inventeurs, les artistes, comme les dévots, connaissent cet état de doute, plus douloureux qu'une assurance défavorable.

La résolution définitive couve en eux comme un feu longuement contenu sous la cendre et éclate soudain en belles flammes brillantes, les régénérant par leur lumière et leur chaleur.

Parfois encore, la conviction apparaît comme un horizon magnifique que découvrirait brusquement une fenêtre largement ouverte dont, jusque-là, on n'aurait point soupçonné l'existence.

Quelle que soit la forme sous laquelle elle se manifeste, la conviction repose toujours sur des bases sérieuses et elle possède des qualités de durée, inconnues à la crédulité.

Celle-ci a été définie d'une façon curieuse par un philosophe qui disait en riant :

« La crédulité est la forme de conviction qu'ont adoptée certaines gens, affichant des principes *immuables*, qui se transforment tous les huit jours. »

C'est quelquefois une forme de suggestion passagère. Beaucoup d'âmes sont trop faibles pour entreprendre une lutte, dans laquelle elles pressentent leur rôle de vaincues, aussi se soumettent-elles dès les premières sommations.

Mais cette même débilité les incite à renouveler cet acte de docilité envers tous ceux qui savent les influencer.

Plutôt que d'entreprendre une discussion, pour laquelle ils se sentent insuffisamment armés, nombre de gens font abstraction de leur personnalité et adoptent celle que leur interlocuteur veut leur imposer.

Il en est aussi dont les opinions sont à tel point fugitives qu'ils n'ont aucune répugnance à accepter successivement les diverses convictions qu'on leur inculque.

D'autres sont des défaillants de la volonté qui conviennent sans vergogne qu'il est bien fatigant de penser et qu'ils se trouvent très heureux d'être en contact avec ceux qui veulent bien le faire à leur place.

Cette perte complète de l'individualité marque la crédulité poussée à ses dernières limites.

Il ne faudrait pas s'y tromper : ce sont là les disciples les moins désirables que puisse rêver celui qui tient à convaincre.

Il doit rechercher de préférence les contradicteurs les plus acharnés, car s'il parvient à modifier l'opinion de ces derniers, il pourra sans crainte marquer une victoire à son actif, tandis que la soumission des crédules ne devra jamais être regardée que comme un avantage fictif, remporté sur un ennemi, qui est prêt à faire alliance aussi bien avec lui qu'avec ses adversaires les plus redoutés.

On ne peut même pas compter sur l'égoïsme ni sur l'intérêt personnel du crédule par manque de volonté pour espérer le convertir définitivement.

Le caractère principal de la crédulité est l'absence de tout calcul, aussi bien de celui qui repose sur un désir légitime que d'un autre, partant sur une aspiration blâmable. Le crédule croit, parce que cela supprime toute lutte, parce que la question se trouve résolue ainsi, sans qu'il ait eu besoin de s'en mêler, parce qu'enfin, s'il est dépourvu des qualités constituant la réelle bonté, il prend rarement la peine d'être mauvais et n'est pas fâché de faire plaisir à peu de frais.

Aussi se laisse-t-il balotter au gré des convictions d'autrui, donnant souvent aux novices l'illusion d'une conquête, mais négligé bientôt par ceux que leur expérience a mis en garde contre l'inutilité des efforts qui pourraient le concerner.

Le doute, qui est la torture des esprits profonds, tourmente aussi les gens superficiels.

Cependant il se manifeste d'une façon toute différente chez les uns et les autres.

Les esprits sérieux souffrent de cette instabilité mentale, qui, comme un jeu de bascule, les transporte tantôt sur les hauteurs de l'espoir, tantôt au plus profond de la désillusion.

Et cette dernière sensation est d'autant plus angoissante que leur foi fugitive s'est montrée plus radieuse.

Cette alternative devient à la longue un véritable supplice.

Tous les penseurs l'ont enduré et ceux qui en ont le plus particulièrement souffert sont les âmes les plus délicates.

Il est peu de gens qui vivent volontiers sans une croyance.

Les uns dédient leur besoin de foi à un culte religieux.

D'autres recherchent les vérités scientifiques.

Quelques-uns se contentent d'une conviction toute conventionnelle.

Il en est qui bornent leur certitude aux satisfactions matérielles.

Un grand nombre d'humains se plaisent à recevoir les principes de la vérité par l'entremise de ceux qui leur semblent désignés pour les instruire.

Et tous ces hommes vivent en paix si le doute ne les atteint pas.

Mais dès qu'il a fait son apparition, toute sérénité est bannie de leur âme.

Ceux qui ont cherché dans une foi confessionnelle un refuge contre les trop dures réalités de la vie, voient avec douleur ce port s'éloigner d'eux, à mesure que le doute grandit.

S'ils pouvaient en constater la disparition définitive, leurs souffrances se trouveraient allégées par les recherches que leur inspirerait l'aspiration vers une nouvelle foi.

Mais le doute ne leur en laisse pas le loisir.

Ils n'osent pas abandonner celle qui, cependant, ne leur semble plus le lumineux phare de jadis, car, ainsi que les lampes tout près de s'éteindre, elle projette encore des lueurs intermittentes

Cependant leur conscience s'émeut de la tiédeur de leur conviction et ce malaise croit avec la fréquence des incertitudes.

L'alternance des éléments d'affirmation et des prétextes de négation finit par créer en eux une angoisse insupportable, s'ils sont sincères vis-a-vis d'eux-mêmes.

Le doute scientifique ne comporte pas le même état d'âme.

C'est de lui qu'on pourrait dire d'après un antique philosophe français :

« Le doute mène à l'examen et l'examen à la vérité. »

C'est surtout dans les cas de conviction scientifique que la trop prompte crédulité est dangereuse.

L'admission trop facile des principes exposés empêche de les considérer assez attentivement pour les adopter d'une façon définitive.

La conviction, ainsi obtenue ne resiste guère aux preuves qui viennent la désagréger et l'alternative suivante se produit.

Ou le convaincu desabusé est un homme de volonté et, dans ce cas, il n'hésite pas a se livrer a l'examen minutieux qui doit lui démontrer le chemin du vrai.

; Ou c'est un faible que la haine de l'effort paralyse et il reste en proie au doute crucifiant, à moins que, par légèreté d'esprit, il n'adopte une autre conviction, que ses tendances a la crédulité ne lui permettront pas de mieux approfondir.

Après quelques tentatives de ce genre, le decouragement ne tarde pas à s'emparer de ces âmes, qui n'ont pas su échapper aux tourments de l'incertitude.

Le néant de leur volonte leur fait croire au néant de la vérité et la faillite de leur energie les incite a proclamer celle de la science.

Ceux qui se contentent d'une conviction toute conventionnelle souffriront moins profondement du mal de l'incertitude.

Cependant la joie de la foi, dont les racines germent dans les cœurs leur sera inconnue.

Leur credulité tiede les laissera indifferents aux motifs et dociles aux suggestions variées dont ils ne sonderont pas les causes.

Faut-il envier ceux qui bornent leur ambition a la conviction qui ne s'adresse qu'aux satisfactions matérielles ?

Ce sont les esprits peu deliés, qui, sensibles seulement aux realités de la vie, restent désarmés contre les coups du sort.

Leur conviction, quelle qu'elle soit, suit toutes les fluctuations de leur soif le bien être.

Ils sont portés volontiers vers la crédulité aveugle car la discussion d'un principe est regardee par eux comme un effort, attentant à leur beatitude grossière.

Mais cette credulite adopte mille formes, qui toutes se rapportent a leurs aspirations presentes

Ces convictions contradictoires ne tardent pas a produire un bouleversement, dont le resultat le plus certain est de troubler la quietude que leurs détenteurs ont cru acheter au prix d'une suite de lâchetés morales.

Pour ceux-là aussi la torture du doute devient un état pénible, auquel ils tentent en vain de se soustraire.

On doit citer encore ceux qui flottent entre le doute et l'incertitude.

Trop souvent on confond ces deux mots en une même pensée.

Ils expriment cependant une idée différente et ceux qui s'adonnent à l'art de convaincre se gardent bien de tomber dans l'erreur commune à tant de gens.

Le doute est une sorte d'alternative mentale qui tantôt nous pousse à adopter une raison qui nous semble péremptoire et tantôt nous incite à la repousser comme un indiscutable mensonge.

Le doute se meut entre l'affirmation et la négation.

C'est toujours la suspension d'un jugement, ne trouvant pas dans les éléments connus les matériaux nécessaires à l'édification de la conviction.

L'incertitude est une hésitation, dont les motifs peuvent être multiples.

Elle ne naît pas toujours, comme le doute, d'une pénurie de documentation ou d'une égalité de preuves contraires.

Elle est moins motivée et moins formelle aussi.

Elle n'admet jamais l'évidence, même d'une façon fugitive.

L'esprit des incertains est flottant; leur désir de conviction nul et leur effort vers la vérité inexistant.

Le doute peut atteindre les gens de volonté.

L'incertitude ne torture que les cœurs faibles.

Nous ne parlons pas ici du doute au point de vue philosophique.

Certains penseurs l'ont défini par le mensonge des apparences et en ont fait une doctrine spéciale, qui pourrait revendiquer le titre de conviction.

Le doute dont nous parlons se rapporte au travail
de l'instigation qui doit précéder l'établissement de
toute conviction.

Il nous reste à citer ceux dont la crédulité
peut être regardée par un propagandiste comme
l'acquisition la plus enviable.

Ce sont ceux qui s'appliquent a la recherche de
la vérité, en desirant surtout la recueillir de la
bouche de ceux qui semblent le mieux autorisés
pour la répandre.

L'âme de ceux-là est comme un terrain bien pré-
paré.

Le grain que l'on y semera germera d'autant plus
facilement que l'ivraie en aura ete préalablemen
déracinée.

Ceux qui savent comprendre combien il est pre-
cieux de se former une conviction seront particulierement recherches par les maitres, car le but de
celui qui veut être habile dans l'art de convaincre
doit être plus élevé et plus étendu que les préoccupations du present.

Quelle que soit sa doctrine, à quelque ordre d'idees
qu'elle appartienne, qu'elle vise l'amélioration des
âmes ou les questions du bien-être social, le penseur habile en l'art de convaincre devra surtout s'attacher à former une école.

C'est seulement la multiplicite des convictions
qui édifie la foi solide, celle dont il est dit qu'elle
peut renverser des montagnes, c'est-a-dire reduire
les contingences et asservir les evénements.

Conclusion.

Ainsi qu'il a été possible de s'en rendre compte au cours de ces pages, l'art de convaincre est complexe et protéiforme.

C'est la raison qui, jusqu'ici l'a rendu peu accessible à la masse.

Cependant, à cause même de la multiplicité de ses aspects et des divers états d'esprit qu'il comporte, il peut être pratique par tous ceux qui comprennent à quel point l'ambition est louable, lorsqu'elle repose sur la recherche du mieux.

Les difficultés rencontrées ne devront pas décourager les apôtres de la conviction.

Leur tâche est grandiose et on ne saurait assez le répéter :

Ceux qui, par la vertu de leur parole, de leurs exemples et de leurs exhortations ont acquis la puissance nécessaire pour soumettre les âmes, sont des conquérants tout aussi dignes d'admiration que ceux dont les exploits ont soumis les peuples.

TABLE DES MATIÈRES

4431. — TOURS IMPRIMERIE F ARRAULT ET Cⁱ